하얀 물고기는
소파에
앉지 않는다

하얀 물고기는 소파에 앉지 않는다

발행일	2025년 10월 24일
지은이	김예은
펴낸이	손형국
펴낸곳	(주)북랩
출판등록	2004. 12. 1(제2012-000051호)
주소	서울특별시 금천구 가산디지털 1로 168, 우림라이온스밸리 B동 B111호, B113~115호
홈페이지	www.book.co.kr
전화번호	(02)2026-5777	팩스	(02)3159-9637
ISBN	979-11-7224-919-9 03810 (종이책) 979-11-7224-920-5 05810 (전자책)

잘못된 책은 구입한 곳에서 교환해드립니다.
이 책은 저작권법에 따라 보호받는 저작물이므로 무단 전재와 복제를 금합니다.
본 도서는 (주)북랩이 보유한 리코 인쇄 장비 등 자체 생산 인프라를 통해 제작되었습니다.

작가 연락처 문의 ▶ ask.book.co.kr
전용 게시판에 문의를 남기시면 저자에게 직접 전달됩니다.

(주)북랩 성공출판의 파트너

북랩 홈페이지와 SNS에서 다양한 출판 솔루션을 만나 보세요!

홈페이지 book.co.kr   •   **블로그** blog.naver.com/essaybook   •   **출판문의** text@book.co.kr
카톡채널 북랩

"본 제작물은 경기도와 경기도미래세대재단의 〈2025년 경기청년 갭이어 프로그램〉의 지원을 받아 제작되었습니다."

하얀 물고기는
소파에
앉지 않는다

김예은 지음

내가 지금까지 읽어 온 책들의 저자들과,
내가 마주했던 수많은 사건들과,
내가 사랑해 온 것들과,
나를 믿어 준 사람들에게.

그렇게, 내게 영감을 준 이들과 모든 것들에게.
이 책을 바칩니다.

목차

은애
—
8

낙토의 기아들
—
54

하얀 물고기는 소파에 앉지 않는다
—
98

작가의 말

195

은애

*

 여름 지나고 겨울 오느라, 낮은 짧아지고 밤은 길어지던 어느 날이었다. 산머리 꼭대기까지 올라온 달이 반으로 홀쭉해진 제 얼굴 드러내어, 남몰래 달을 연모하던 구름이 걱정에 눈물 흘리는 것마냥 물이 쏟아졌으니, 너도 나도 할 것 없이 마을 사람들은 문을 걸어 잠그고 방 불도 다 꺼트리고, 방 안에서 쥐 죽은 듯 잠을 청할 뿐이었다. 허나, 그 와중에 마을에서 가장 큰 기와집 대문 안, 주인 나리의 침방 문틈 사이로는 노오란 빛과 두 사람의 목소리가 흘러나왔다.

 "왜 그렇게 겁을 내시오, 전 선생. 이미 자네와 나는 긴밀

한 벗이 아니던가. 응? 지금까지, 전 선생, 자네가 머리라면 나는 꼬리이지 않았소. 세상에 짐승이란 짐승은 모두 머리와 꼬리를 하나씩 가지고 있는데, 어찌 머리와 꼬리가 하루 아침에 서로 떨어질 수 있겠소. 그렇게, 겁낼 필요 없소. 전 선생, 지금까지 해오던 것처럼 자네는 그저 알겠다 대답만 하면 되오. 내 자네에게 바라는 것은 더도 말고 그저 허락해 주는 것뿐이라오, 전 선생. 그리하면, 내 모두 알아서 해결하겠소."

젊은 사내가 부드럽게 달래니, 곧 전 선생이 떨리는 목소리로 답하기를,

"암만 백 공께서 해주셨던 일들이 내게 해가 된 적이 없다고 해도… 아니오, 백 공. 나는 이 일만큼은 도무지 할 수가 없겠소이다. 꼭 이리 해야만 하겠소, 백 공? 백 공께서는 이미 충분히 원하는 바를 다 이루시지 않으셨소. 그럼에도, 백 공께서 이 일을 굳이 해야만 하겠다고 마음을 먹으셨다면, 다른 사람을 구할 수는 없겠소? 이 일 두고 내가 입을 놀리고 다닐 사람도 아니니, 말이 새어 나갈 일은 걱정 말고…"

그러자, 젊은 사내가 노기를 머금었으되, 차분한 목소리로

전 선생에게 이르기를,

"전 선생, 내 언제 선생을 섭섭케 한 적이 있었소? 우리는 벗이지 않소. 벗 사이가 무어요. 서로 가까이 두고 헤아려 아끼는 것이 벗인데, 어찌 전 선생께서는 하나뿐인 중한 벗이 간만에 조심스럽게 꺼낸 부탁을 이리도 매몰차게 거절하시오? 허나 전 선생의 마음이 불편하다 하니, 내 기꺼이 기다려드리리다. 내일, 해가 산 너머로 지고 달이 떠오르며 오늘같이 비가 내리는 때에 다시 찾아올 터이니, 전 선생께서는 그동안 내가 선생께 베풀었던 일들을 생각하고 또 생각하여 옳은 결정을 내려야 할 것이오."

덜컹 하고 닫혀 있던 침방 문이 열리고 커다란 그림자 하나가 소리 없이 걸어 나오니, 전 선생은 놀란 얼굴로 떠나가는 그 뒷모습을 바라볼 뿐이었다. 침방 문 경첩이 끼익 하고 닫히는 소리와 함께 방 안에 혼자 남은 전 선생의 귀에 울리는 소리가 하나 있었으니,

"그리고 그대는 도리라는 것이 무엇인지 알고 있지 않소? …하찮은 미물마저 은혜 갚는 법을 잘 알지 못하여도, 해를 끼치는 법은 잘 아는 법이라오, 전상. 그러니 부디 신중하고,

또 신중하시오."
하는 젊은 사내의 목소리였다.

  곧 추적추적 내리는 비 사이로 검은 그림자 하나가 스르르 나무 대문 밖으로 조용히 사라지니, 백색 도포 입은 전 선생이 쿵 하고 바닥에 주저앉았다. 아궁이에서 불 지피던 늙은 몸종이 그 소리에 놀라 불쏘시개 들고 있던 손 멈추고, 다급히 발 놀려 주인 나리 침방 앞에 서서 목소리 높이기를,
  "주인 나리, 무슨 일이십니까? 괜찮으십니까?"
  그 말에 침방 안에 홀로 있을 전 선생이 외치니,
  "아니다! 아무 일도 없으니 들어오지 말아라!"
  허나 심란한 마음이란 쉽게 가라앉히기 어려워, 되려 밤바다의 파도처럼 크게 일렁거리니, 결국 전 선생의 굳게 다문 입술 사이로, 닫힌 침방 문틈 사이로 전 선생의 괴로워하는 울음소리가 흘러나왔다. 하늘 높이 달 떠오르고, 사방이 조용하여 빗소리만 선명하게 들려야 할 늦은 시간에 서글픈 사내 울음이 집안을 가득 채우니, 잠자던 주인마님과 아가씨와 도련님, 종들까지 모두 나와 주인 나리 침방 앞으로 급히

모였다.

걱정스러운 얼굴을 한 가솔들이 한 데 모였으나 어찌 해야 할지 방도를 아는 이 하나 없어 우왕좌왕 해대는 와중에 가장 늙은 몸종이 마님의 눈치에 마루 위로 올라갔다. 걸음걸음 마루가 질러대는 삐걱거리는 소리에 사내 울음이 섞이니 음산하기 짝이 없었는데, 늙은 몸종이 문 손잡이를 벌컥 당겨 열었으니, 침방 안에는 난리도 그런 난리가 없었다. 복숭아나무로 만든 소반 다리 네 개 모두 부러져 바닥에 나뒹굴고, 장인이 정성 들여 빚은 귀한 백자는 조각나 바닥에 흩어져 있고, 서책들의 겉이며 속이며 한 군데씩 검게 삭아 들어가 바닥에 뒤엉켜 있으니 무슨 심술 사나운 도적놈이 몰래 왔다가 심술을 부리고 간 것 같은 모양새였다. 게다가, 방 한가운데에 사람 좋기로 이름난 전 선생이 뭐가 그리도 괴로운지 손으로 바닥을 내려치며 울부짖었다.

"아이고, 내 괜한 욕심으로 내 집에 스스로 험한 것을 들였으니, 이를 어찌하면 좋단 말이냐! 내 이리 될 줄 알았더라면 애초에 그것과 약조하는 것이 아니었거늘!"

그 광경에 모두 망부석처럼 선 자리에서 그대로 굳어 눈만 굴려대었다. 전 선생이 겁먹은 아이라도 된 것마냥 울부짖는데, 그 손에 백자 조각이 박혀 탁 하고 튄 선혈이 벽과 바닥을 물들였으니, 아가씨와 도련님은 처음 보는 아비의 모습에 놀라 눈을 동그랗게 뜨고 뒷걸음을 쳤다.

허나 전 선생의 기행에 가장 놀란 것은 주인마님이었으니. 시집올 적처럼 여전히 용모 고우신 마님 얼굴이, 너무도 놀란 나머지 아닌 밤중에 분칠한 듯 새하얘졌다. 곧 주인마님이 경망스럽게 섬돌 딛고 헐레벌떡 마루 지나 쏜살같이 문턱 넘어 방 안으로 뛰어들었다. 전 선생 옆에 자리 잡고 앉은 마님이 부드러운 목소리로,

"이게 다 무슨 일이란 말입니까, 서방님! 밤중에 조용히 어느 얼굴과 마주하셨기에 어찌 이리도 안색이 흐려지셨단 말입니까? 이 소첩이 서방님의 근심을 조금이라도 덜어드리고자 하니, 부디 무슨 일이 있었는지 편히 털어놓아 주십시오."

하고 정성스레 전 선생을 달래니, 눈물 흘러대며 울기만 하던 전 선생 안색이 새파래져 마치 산군 마주한 산지기 꼴이 되었다. 주인마님이 전 선생의 두려워하는 기색을 읽고서 다

시 묻기를,

"아니, 서방님. 대체 무엇이 이리도 서방님을 두렵게 만드셨습니까? 제발 소첩에게 무엇이라도 말씀을 해주시면 아니 되겠습니까."

겁먹은 쥐마냥 열린 침방 문틈으로 눈 돌리어 밖을 살피던 전 선생은 고개를 홰홰 저어대며 말하였다.

"나도 마음 같아서는 부인에게 다 일러 말하고 싶소. 허나 그리하였다가 내 입을 함부로 놀린 죄로 부인에게까지 화가 번진다면, 내 어찌해야 한단 말이오. 내 자식들은 또 어떻소. 혼례를 막 앞둔 꽃다운 열여덟 딸아이며, 학문에 막 뜻을 두기 시작한 열다섯 사내아이의 앞길이. 내 어린 자식들의 앞길이, 이 나의 어리석은 말 한마디로 어그러진다면, 내 어찌 이 집안의 가장이 되어 낯을 들고 살 수가 있겠소, 부인. 나는 그것이 두렵소. 내 체면이 얼마나 깎이겠느냔 말이오."

말 마친 전 선생이 얼굴 찡그리며 괴롭고 답답한 듯 세게 가슴 두드리자 어여쁜 마님 제 서방 몸 상할까 두려워, 전 선생의 거친 손을 부드러이 잡아끌며 애원하기를,

"그런 말씀 마십시오, 서방님. 이리 홀로 가슴앓이를 하고 계시니 이 소첩의 마음에 슬픔이 가득 들어차 무겁기 그지없사옵니다. 그 어떤 여인이 지아비가 괴로움을 알고 나서도 평안케 지낼 수 있겠사옵니까? 예로부터 기쁨은 나누면 배가 되고 슬픔은 나누면 반이 된다고 하니, 소첩이 기꺼이 서방님의 근심을 나누어 짊어지겠사옵니다. 그러니 부디 서방님께서는 더 이상 고민 마시고 무슨 일이 있으셨는지 소첩에게 말해 주겠노라 하는 약조를 해주시옵소서. 혹여 서방님께서 이야기가 새어 나갈까 심란하신 것이라면, 걱정하시지 마십시오. 소첩이 침방 문을 이 몸으로 가리고, 아이들은 잠자리로 돌려보내고, 종들을 마루에서 아홉 걸음 밖으로 물려 아무도 엿듣지 못하게 하겠사옵니다."

마님의 말에 전 선생, 바람에 시달리는 사시나무처럼 몸을 떨다가 굳게 마음을 먹고 부인 얼굴 보니, 마주 앉은 부인 눈썹은 높은 소나무에 걸린 초승달이요, 그 눈은 검은 비단 하늘 위에 흩뿌려진 별빛이요, 그 입술은 가을 이슬 머금은 석류빛이었다. 십팔 년 전 혼례 올리던 날과 다름없이 여전히 곱디고운 그 얼굴이 저를 걱정스럽게 바라보는 것에, 전 선생은 무슨 생각 하나가 떠오른 듯이 차오르는 눈물을 삼켜 눈 질끈 감고 한숨 길게 토하였다. 한참을 말없이 근심에 잠긴 고운 낯을 바라보던 전 선생이 이르기를,

 "부인이 그렇게나 이 나를 그리도 위하려고 한다면, 내 마음을 놓고 무엇이 이리도 내 심정을 요란케 하였는지 그 사연을 기꺼이 부인에게 들려주리다. 허나 지금 말하고자 하는 바가 결코 가벼운 일이 아니니, 부인이 아닌 그 누구에게도 이 일이 새어 나가서는 아니 될 것이오. 내 약속을 어기고 함부로 입을 놀린 일이며, 부인이 이 일을 들어 알게 되었다는 일까지도. 모조리 감추어야 하오. 이해하였소, 부인? 그러니 부인은 약조한 대로 문가에 앉아 있다가 혹 누가 다가오는 기척이라도 들리거든, 곧장 내게 알려 주시오."

 그 말 듣고 듯이 얼굴에 화색 돈 마님이 낭랑한 목소리로 말하기를,

 "예, 알겠습니다, 서방님. 그리하겠사옵니다."

 마님이 문가로 몸을 옮기시고 나서, 침방 문 손잡이를 손에 꼭 잡고 문틈 밖의 종들에게 명하기를,

"서방님과 이야기를 나누기로 하였으니, 아이들을 다시 침소로 들여보내 거라. 너희들은 내가 서방님과 이야기를 나누는 동안, 모두 마루에서 아홉 걸음 물러나 있어야 할 것이다. 혹여 엿듣는 자가 있거든 내 가만두지 않을 것이니, 너희들은 내가 서방님과 이야기를 나누는 동안 집 밖에서 수상한 기색을 살폈다가, 수상한 자가 있다면 내게 소리 높여 알려야 할 것이다."

그 말에 종들이 허리를 수그리며 자기의 명대로 따르는 것을 본 마님이 침방 문을 꽉 잡아 닫고, 문을 뒤에 두고 돌아앉아 전 선생에게 이르기를,

"서방님께 말씀드린 대로, 그 누구도 함부로 서방님께서 꺼내시는 이야기를 듣지 못하도록 소첩이 모든 준비를 마쳤사옵니다. 그러니 서방님께서도 이제 소첩에게 무슨 일이 있으셨던 것인지에 대해 이야기를 해주시옵소서."

그제서야 전 선생이 떨리는 숨을 고르고, 오랫동안 속에 묵혀 두었던 이야기를 입 밖으로 꺼냈다.

"부인이 내 근심을 기꺼이 나누어 들겠다 나서서 말을 꺼

내어 주니, 내 어찌 기쁘지 않을 수 있겠소. 내 평생에 부인 같은 이를 지어미로 맞은 것이, 나의 복 중에서도 제일가는 복이라오. 그런 부인의 마음을 내 괜스레 혼탁케 하는 듯하여 근심되나, 부인이 괜찮다 하니 내 이제 사실을 숨기지 않고 있는 그대로 이야기해 주고자 하오.

간밤의 소란스러웠던 연유를 부인께 일러 주기 위해서는, 먼저 삼십 년 전 내가 얻었던 기연에 대하여 말하지 않을 수가 없소. 이 짧은 인생에 더 짧을 줄 알고 깊이 헤아리지 못하고 맺었던 인연으로 말미암아, 오늘날 그 모든 것이 일어났으니 나는 두렵고 당황스러울 뿐이라오, 부인. 당시 나는 어리고도 어리석어, 훗날 이토록 큰일로 되돌아올 줄은 꿈에도 알지 못했소. 부인도 내 젊었을 적 사정을 입 가벼운 마을 사람들로부터 들어 익히 들어 알 것이오.

내 선조들께서는 본래 한양에서도 으뜸가는 부호요, 높은 벼슬에도 오르셨으나 오만과 거만을 가까이 아니하셨으니, 우리 전 씨 집안은 오래도록 존경받아 온 명망 있는 집안이었소. 허나 이를 시기한 교활한 무리들의 모함으로 반역의 죄를 뒤집어쓰셨으니, 집안 어른들 여럿께서 모진 고초 끝에 억울하게 눈을 감으셨소. 겨우 살아남으신 분들께서는 목숨만 겨우 부지하시고서 지방으로 내쫓기셨으니. 가진 것은 남루한 옷과 굶고 병든 몸뚱이뿐이라, 하루하루 연명 위해 남의 밭을 갈고 나무 하고 바느질 하며 입에 풀칠하고자 온갖 일들을 도맡아 하였으니 얼마나 힘드셨겠소. 허나, 본디 우리의 뿌리가 어떠한 집안이었는지, 인간으로서의 도리를 지키고자 하는 것을 얼마나 중히 여겨야 하는지를 잊지 말고 자식들에게 늘 가르쳐라 하는 말씀을, 어떠한 일이 있더라도 대대로 전하도록 하셨으니. 이 어찌 칭송하고 따르고자 하지 않을 수가 있겠소. 그리하여 내 아버지로부터 이 이야기를 전해 듣고, 선조들께서 가지신 큰 뜻을 마음에 새기다 못해 그 훌륭하신 분들의 오명을 벗겨드리고자, 내 가문을 반드시 다시 일으키겠노라 마음을 다짐했다오. 그것이야말로 자식된 도리요, 후손된 도리가 아니겠소?"

그러자 마님이 고개를 끄덕이며 전 선생에게 답하니,

"예, 서방님. 옳으신 말씀이시옵니다. 부모와 선조를 공경하는 일을 어느 누가 그릇되다 하겠습니까. 그러니 높으신 하늘께서도 서방님의 노고를 아시고 기특히 여겨 상을 내리시어, 서방님께서 손수 집안을 일으키실 수 있도록 기회를 주신 것이 아니겠습니까? 소첩 또한 서방님께서 집안을 일으키셨을 적, 신묘한 일이 있었다 하는 말을 혼인 전에 매파를 통하여 들었사옵니다.

　서방님께서 젊으셨을 적 굶주림 끝에 어머님을 애달프게 떠나보내시고, 홀로 아버님을 부양하고자 온갖 궂은일들을 마다하지 않으셨다 들었사옵니다. 그러던 어느 날, 장에 내다 팔고자 나무를 하러 산에 오르셨던 서방님께서, 재물로 가득 찬 석굴을 발견하셨으니 그것이 서방님의 지극한 효심을 보고 감동한 하늘이 숨겨진 석굴을 찾을 수 있도록 나무들에게 길을 내어 주라 시켰다지요. 그 수많은 재물들을 보고 서방님께서는 하늘의 뜻을 알아차리시고 크게 기뻐하시며, 양팔 가득 재물을 들고 산을 내려오셨으니. 마침내 연로하시던 아버님을 새 집에 모시고, 고운 의복과 진수성찬으로 봉양하실 수 있게 되시지 않으셨습니까. 그 후로도, 서방님께서 필요할 적마다 석굴에 올라가 재물을 꺼내 오셨다지요. 서방님 가문의 명성을 다시 세우기 위함은 물론 마을 사람들에게 자비를 베푸는 것에도 그 재물들을 쓰셨으니, 서방님의 인망이 하늘을 찔렀다고 들었사옵니다.

그러던 차에, 그 석굴에 악명 높은 산적 무리가 거처를 두었음을 서방님께서 알아차리셨다지요. 그 산적들이 석굴 안 재물을 마을 사람들이 나누어 가진 줄 알면 마을로 내려와 해를 입힐까 염려하시던 중, 서방님께서 전설을 떠올리시고는 하늘에서 쫓겨난 용 행세를 하여 그들을 벌하지 않으셨습니까? 그리하여, 서방님께서 그 포악한 산적 무리의 두목을 속여 산속 깊은 못 속에 빠져 죽게 하고, 나머지 산적들은 겁주어 산 너머로 내쫓으셨으니. 오래전 상단을 이끌고 고향으로 돌아오시던 중 산적들에게 변을 당하여 억울하게 눈을 감으신 소첩의 아버님께서도 분명 기뻐하셨을 것입니다. 서방님께서 그 원한을 갚아 주셨으니, 뒤늦게 소첩이 그 사실을 알고 서방님께 은혜를 갚고자 혼인을 청하였음을, 서방님께서도 알고 계시지 않사옵니까. 허나, 혼인으로 소첩뿐만이 아니라 소첩의 어머님이 서방님께 갚아야 할 은혜의 절반도 다 갚지 못하였으니, 안타까울 뿐이옵니다.

더구나, 과거 소첩이 원인 모를 병으로 사경을 헤매던 차에, 서방님께서 아니 계셨으면 어찌 소첩이 목숨을 부지할 수 있었겠습니까? 하룻밤 만에 멀쩡하던 다리가 굳고, 그 다음날에는 팔이 움직이지 아니하며, 이튿날에는 몸조차 조금도 굽히지 못하니, 참으로 괴이한 병 중에서도 가장 괴이한 것이었사옵니다. 그 어떤 용한 의원이나 무당도 그 병의 이름조차 알지 못하였으나, 서방님께서 친히 정성스레 달여 주신 약을 먹고, 하룻밤 만에 소첩이 기운을 회복하지 않았습니까. 더욱이, 한 달 안에 죽을 것이라 여겨지던 소첩이, 사흘 만에 자리에서 일어나 본디 태어난 바와 같이 두 다리로 걸을 수 있게 되었으니, 서방님께서는 소첩의 목숨을 구하신 것이나 다름없사옵니다. 서방님께서 소첩을 만난 것이 복 중에서 제일가는 복이라 이르셨듯, 소첩 또한 서방님을 지아비로 모신 것을 천운이라 여기고 있사옵니다."

그 말을 들은 전 선생의 얼굴이 기쁜 낯과 슬픈 낯이 섞인 괴이한 낯빛을 자아내니, 마님이 염려하시며 조심스럽게 전 선생께 여쭈는 말이,

"서방님, 소첩의 말 중에 그릇된 것이 있사옵니까? 혹여 소첩이 무엇인가 잘못 알고 있어, 서방님의 심기를 거스른 것이라면 부디 말씀을 해주십시오."

자기 조각에 베인 손끝에 흐르는 피 한 번 보았다가, 손바닥 들어 이마를 한 번 짚었다가, 입도 한 번 가려 보며 한참을 가만두지 못하다가, 바닥에 굴러다니던 소반 다리 조각을 꼭 붙잡고 나서야, 전 선생이 겨우 입을 열었다.

　"아니오, 부인. 부인의 말에 그릇된 바란 없었소. 내 이야기를 아는 자들이라면, 다들 그리 알고 있을 것이니 말이오. 심지어 돌아가신 내 아버지조차 그리 알고 돌아가셨으니, 내 마음이 심란한 것은 그것 때문이 아니오. 내가 그렇게 말을 하고 다녔으니 그렇게 알고 있는 것이 당연하오. 허나 부인, 내 마음을 심란케 만드는 것은 진실과 관련한 것이라오. 정확히는 숨겨진 진실에 대한 것이지. 부인, 사실은 내가 숨긴 이야기들이 있소. 내 남의 시선이 두려워 숨겨 둔 말들이 있단 말이오. 아, 내 사내로 태어나 진실을 온전히 전하지 못했다는 부끄러움에 이렇게 고통 받게 될 줄은 몰랐소. 그러나 때가 급하게 되었으니, 이제서야 처음으로 부인께 고백하게 되었소.

　부인, 내가 홀로 온갖 일들을 해냈다 말을 하고 다녔으나, 그 과거에 늘 내 곁에는 신묘한 벗이 하나 있었소. 그 벗의 정체가 무엇인지 부인은 상상조차 하지 못할 것이오. 놀라지 마시오. 부인, 내 벗은 …이무기였소. 그래, 이무기. 용이 되지 못한 사특하고 괴이한 존재로 세간에 여겨지는 고것이. 내 삼십년지기 벗이었소. 부인, 부인께서는 믿으시겠소? 믿지 못한다 하여도 내 이해하리다. 허나, 부인이 믿던 믿지 않던 지금 내 하고 있는 말은 거짓 하나 없는 진실이라오. 그것은… 이무기였소. 붉은 색의… 이무기였단 말이오. 삼십년간, 이 내 마음을 옥죄게 만들어 온 것이…"

내 삼십 년 전, 그날을 아직도 분명하게 기억하고 있소. 그것을 처음 만났던 그날을 말이오. 산에 나무를 하러 올랐으나 마을로 내려갈 때를 놓쳐 어두워진 산길을 헤매던 날이었소. 마을로 내려가는 길을 찾으려 하였으나, 비까지 쏟아지기에 이를 어찌하면 좋은가 하고 근심하며 산을 떠돌았다오. 그러다 산속 한가운데에 커다란 도화나무가 있어 저것이 무엇인가 하고 자세히 보았는데, 도화나무 뒤편에 비를 피하기 좋은 커다란 석굴이 하나 있는 게 아니오. 내 그것을 보고 옳다구나 하고 걸음을 옮겨 석굴에 들어가 비가 그칠 때까지 기다리고자 하였는데, 석굴 안쪽에 붉은 비단 도포를 걸친 한 사내가 조용히 가부좌를 틀고 앉아 있는 것이 아니오. 그 사내가 가만히 앉아 있다가 내가 기웃거리며 상황을 살피고 있으니, 감고 있던 눈을 번쩍 뜨고 말하기를,

"비를 피하러 온 자라면, 안쪽으로 더 들어오거라. 좁기는 하나, 사람 하나 정도 들어올 자리쯤이야 충분히 있으니."

어두워서 얼굴이 보이지 않음에도, 그 친절한 목소리에 나는 도끼를 들고서는 석굴 안쪽으로 걸음을 조심스럽게 옮겼소. 석굴 바닥에 찬 물에 미끄러질까 걱정이 되어, 석굴 벽을 짚었는데 손끝에 닿는 벽이 꿈틀 하고 움직이는 것이 아니겠소? 내 놀라 벽을 바라보니, 지네 여럿이 바글거리며 뭉쳐 있어 급히 손을 떼어냈다오. 석굴 벽에는, 족히 몇 년은 묵은 것 같은 커다란 지네들이 한 데 엉켜서는 꿈틀거리고 있었다오. 하물며, 석굴 바닥에는 허연 뼛조각들 사이로 작은 새끼 지네들이 지나다니고 있었소. 그걸 알고 나니, 나는 여전히 내게 부드럽게 말을 거는 사내가 수상하기 그지없다는 것을 알아차렸소. 지네가 이리도 들끓는 오래된 석굴에 저리 멀쩡한 차림으로 있는 것이, 필히 사람은 아닐 것이라는 생각이

들었기 때문이라오. 하늘에 계신 상제께 벌을 받아 지상으로 떨어진 용이 머문다는 전설을 가지고 있는 석굴이 그곳인 줄을, 내가 어찌 알고 있었겠소. 내 눈에 이미 사내는 사람을 홀려 잡아먹는 포악한 요괴나 귀신으로 밖에 보이지 않았소. 그리하여, 나는 그 사내를 향해 도끼를 휘둘러대며 큰 소리로 외쳤다오.

"저리 썩 꺼져라, 이 흉악한 것아! 썩 물러가지 못할까!"

그렇게 하니, 방금까지 부드러운 목소리로 나를 안쪽으로 들어오라 부르던 사내의 목소리가 멎었소. 대신, 안쪽에서 사내가 걸어 나오는 소리가 들렸소. 사내가 가까이 다가오자 그의 백옥 같이 허연 피부에 굵고 진한 눈썹이 한눈에 들어왔소. 처음 보는 이로서 마음을 빼앗기지 않을 수 없는 고운 얼굴이었으나, 그 얼굴 위에 떠오른 것은 갱렬한 분노였소. 곧이어 그 사내의 노성이 천둥처럼 석굴 안에 울렸소.

"이 무슨 짓이냐! 내 너보다 훨씬 더 오래전부터 이곳에 들어와 지내고 있었거늘. 뒤늦게 들어와서는 내가 베푸는 것에도 감사하기는커녕, 오만방자하게 굴어대다니 무례하기 짝이 없는 놈이로구나!"

화를 내며 가까이 다가오는 사내의 키는 남달리 장대하여 이 나보다 머리 하나는 더 컸다오. 검은 두 눈은 깊고 무거운 빛을 띠어 마치 어둠을 들여다보는 듯하였고, 몸가짐 하나하나에 보통 심상치 않으신 기운이 서려 있는 듯하였소. 그리하여 내 생각하기에, 이 석굴이 전설 속의 그 석굴이요, 이 사내가 곧 석굴의 주인인 용이 분명하였으니,

"귀한 분을 알아보지 못한 소인을 용서하십시오. 소인이 죽을죄를 지었사옵니다."

하고 다급히 빌었소. 전설은 전설일 뿐인 줄로만 알았지, 정말로 용을 볼 줄 그 누가 알았겠느냔 말이오. 내 바닥에 머리를 조아리며 제발 목숨만은 살려 달라 사내에게 빌었다오.

"소인은 그저 길을 잃고 헤매던 중에 이곳을 발견한 것뿐이옵니다. 절대로 어떠한 사악한 목적을 가지고 이곳을 찾았던 것은 아닙니다. 우연히 산속에 커다란 도화나무가 있는 것을 보고 의아하다 싶어 걸음을 가까이하였다가 석굴을 발견하여, 잠시 비를 피하고자 한 것뿐이었습니다. 부디 목숨만은 살려 주십시오. 그렇게 해주신다면, 소인이 이곳을 떠나 그 누구에게도 말하지 않고, 다시는 찾지 않겠습니다."

그렇게 내가 말하는 것을 들은 사내가 마치 나를 데리러 온 저승사자라도 된 것마냥 험악하게 얼굴을 찌푸리며,

"네놈이 겁도 없이 이제는 감히 거짓을 입에 담아 나를 속이려 드는구나. 어찌 한낱 인간이 그 어떤 기이한 인연의 도움도 없이 홀로 이곳을 찾아낼 수가 있느냔 말이다. 네놈이 나를 용서하고자 하늘에서 보내온 사자라면 모르겠지만, 네놈에게서는 하늘의 기운을 조금도 읽어낼 수 없으니 네놈이 거짓을 말하는 것이 틀림없는 사실일 것이다. 내 너를 그냥 봐주려고 하였건만, 그럼에도 함부로 거짓을 입에 담았으니 그 죄가 보통 큰 것이 아니다. 나를 위협하다 못해서 우롱하려 든 네놈을 내 크게 벌할 것이다!"

하고 사납게 꾸짖는 것이 아니겠소. 허나, 부인. 나는 정말로 잘못한 것이라곤, 겁을 먹어 무심코 도끼를 휘두른 것밖에 없었소. 하물며 내 도끼는 그 사내의 옷자락 조금도 스치지 못했단 말이오. 그런데도 내 사람이 아닌 용의 기분을 거슬렸으니 그런 사소한 사실을 짚어 내기보다는 그의 기분을 풀어 주는 것이 우선이로다 하고 생각하여, 나는 정말로 우연히 일어난 일이며 나는 아무것도 알지 못하니 사내에게 용

서해 달라고 엎드려 빌 뿐이었다오. 그 사내의 얼굴과 기세가 얼마나 사나웠는지, 내 머릿속에는 도망칠 생각은커녕 여기서 내가 죽으면 홀로 남으실 아버지께서 어찌하시면 좋겠는가 하는 생각만 들었다오. 그러던 차에, 내 사내에게 목숨을 살려 준다면 할 수 있는 모든 일을 해서 그 은혜를 갚겠다고 말을 꺼냈더니, 그 사내가 표정을 순간 누그러트리며 꺼내는 말인즉슨,

 "네놈이 정녕 거짓으로 이곳에 찾아온 것이 우연이라 말한다면, 내 너를 시험해 보겠노라. 네놈이 억울하니 무슨 일이라도 하겠노라고 방금 이야기하였지. 내가 분노한 연유는 네놈이 나의 평온을 깨뜨렸기 때문이다. 해 돋을 때마다 하늘 너머에서 커다란 까마귀가 날아와 내 석굴 앞 도화나무 가지에 앉아서는, 해가 저물기 전까지 시끄럽게 울어대니, 내 수백 년 동안 단 한 날도 편히 쉬지 못하였다. 그러니, 만일 네놈이 그 고약한 까마귀를 쫓아내어 준다면, 네놈의 억울함을 알고 내 너를 용서하겠다. 허나, 네놈이 이번에도 나를 또 속이려 들고 산 아래로 도망친다면, 내가 네놈의 죄를 물어 한입에 네놈을 삼켜 버릴 것이다."

나는 그나마 살길이 생겼으니 당연히 그리 하겠다고 말을 하였으나, 그 대단한 용도 쫓아내지 못한 까마귀를 어떻게 쫓아낼 수 있을지 쉬이 떠오르는 방안이 없었소. 한참을 고민하던 끝에 내 계책 하나 떠올렸으니, 그것이 바로 까마귀가 앉지 못하도록 도화나무를 베어 내는 것이었소. 내 도끼를 챙겨 들고 동굴 밖으로 걸음 옮기니, 비는 세차게 쏟아지고 천둥은 사납게 치니 흉흉하기 짝이 없어 너무나도 두려웠다오. 내 숨소리만이 귀에 맴돌고, 어두운 숲은 아무런 대답 없이 가만히 나를 지켜볼 뿐인지라, 도끼질을 하기 위하여 자리 잡고자 하는 팔과 다리가 다 떨렸다오. 허나, 두려움보다 이상한 죄책감이 나를 옥죄고 있었소. 죄 없는 도화나무를 나 살자고 베어야 한다는 것에서 드는 죄책감 말이오. 애초에 나무를 하러 올라갔으면서 무슨 죄책감을 이야기하는 것인가 하고 부인께서 생각할 수도 있겠지만, 그 도화나무는 무엇인가 달랐소. 마치 신선처럼 신비롭고 고상한 분위기를 가지고 있는 도화나무였단 말이오. 그리하여, 그 나무를 베어 내면 무언가 돌이킬 수 없는 큰 일이 일어날 것만 같았소. 허나, 나는 물러날 수 없었소. 나는 살아야 했소. 그 사내, 아니 그 용으로부터 살아 돌아가 홀로 나를 기다리며 걱정하고 계실 아버지를 다시 뵈어야 했소. 그리하여 결국 나는 그 괴상한 마음을 털어내고, 무슨 일이 생기더라도 그 도화나무를 베어 내기로 했소.

  도화나무 옆에 바로 서서, 나는 도끼를 머리 위까지 높이 들어올려 단숨에 줄기를 베어 내려고 했소. 허나, 세차게 팔을 휘두른 탓에 도끼가 도화나무의 두꺼운 기둥에 깊숙이 박혀 쉬이 빠지지 않는 게 아니오. 마저 도끼질을 이어 나가려고 도끼를 힘주어 잡아당겨 빼내었는데, 순간 도화나무의 기둥에서 피처럼 벌건 물이 샘처럼 송송 솟아나니 내 그것이 꿈인지 현실인지 분간이 가지 않고 두려울 뿐이었소. 내 당장이라도 도끼를 버리고 도망가고 싶었으나, 나를 한입에 삼켜 버릴 것이라는 사내의 겁박이 떠올라 손을 멈출 수가 없었소. 이에, 내 두려움을 참고 기둥에서 솟아나는 벌건 물을 뒤집어쓰며 도끼질을 정신없이 이어 나갔소. 벌건 물이 나오는 것이 멈추고, 비가 쏟아지는 것이 멈추고, 어둠이 걷혀 가는 것도 모르고 나는 나무를 베어 내는 것에만 집중했소. 마침내 아침이 되자, 그 커다란 도화나무 기둥이 쿵 하고 쓰러

저 땅 위를 구르니, 나는 사내와의 약속을 지킬 수 있다는 것에 안심하여 바닥에 주저앉았다오.

그때 즈음에, 하늘 저편에서 날아오던 검은색의 무언가가 날아오는 것이 보였소. 불길한 검은색의 까마귀였소. 사내가 쫓아내 달라고 부탁했던, 그 까마귀 말이오. 그 검은 것은, 내가 베어 낸 도화나무 기둥이 땅바닥을 구르는 광경을 보고 입을 크게 벌리며 애기요, 애기요 — 하고 기묘한 소리로 울며 하늘 너머로 모습을 감추었다오. 내가 그 사내가 시킨 대로 까마귀를 쫓아내는 일에 성공한 것이었소. 그 모든 것을 석굴 안에서 잠자코 지켜보고 있던 사내가, 방금까지 나를 험악하게 꾸짖던 이가 누구였는지 모를 정도로 환한 기색을 얼굴에 띠고 다가왔소. 젖은 석굴 바닥을 딛는 소리 하나 내지 않고, 석굴 밖으로 나온 사내가 쓰러진 도화나무 기둥을 내려다보며 말을 걸어 오기를,

"내 이 일을 진정으로 해낼 줄 아는 인간이 있을 줄은 몰랐거늘. 그래, 내 너의 억울함을 알았다. 내 너를 용서하도록 하겠다. 이 나와의 약속을 지키고자 마음먹다 못해, 정말로 약속을 지켰으니 갸륵하기 그지없다. 네 이름이 어떻게

되느냐?"

그 말에 내가 고개를 떨군 채 주저앉아 있던 자세를 고치며 고개를 조아리고서,

"어찌 하늘에서 오신 귀하신 분께서 소인의 이름을 궁금히 여기시는지, 소인은 차마 연유를 알지 못하겠사옵니다. 다만, 소인은 전 가의 '상'이라 하옵니다."

그러하니, 그 사내가 감히 사람이라 부르기 어려운 고운 신선 같은 얼굴을 내게 가까이하며 눈웃음 짓고 말을 건네는 것이 아니겠소.

"전 가의 상이라. 그래, 상아. 내 몇백 년 동안 이곳에 갇혀 살아왔음에도, 너와 같이 이 나와의 약속을 온전히 지키고자 하였던 인간을 본 적이 없었다. 그런데, 너는 이 나를 오랫동안 끈질기게 괴롭혀 온 근심을 걷어 주기까지 하였으니, 내 그 은혜에 어찌 보답해야 할지 모르겠구나. 그렇지, 이리로 오거라, 전상. 네가 나에게 베푼 호의만큼, 내 너에게 기꺼이 돌려주겠다." 내 무어라 대답하기도 전에 몸을 돌린 사내가, 석굴 안으로 다시 들어가 가부좌 틀던 자리 아래의 넙적한 돌을 치우니 그 안에 금이며 은이며 보석이며 온갖 재물

들이 가득 쌓여 있었소. 곧 사내가 내게 손짓하며 말하기를,

"내가 그동안 모아 두었던 재물이다. 네가 원하는 만큼 가져가거라. 전상."

내 물론 마음이 흔들리기는 하였으나, 괜히 용의 것을 탐하였다 후에 화를 입을까 두려워 내가 한 일에 비하여 과하여 받을 수 없다 하고 공손히 거절하였다오. 내 그리하니, 사내가 기어코 내 품에 가득 재물들을 안겨 주며 덧붙이는 말인즉슨,

"거절하지 말아라, 전상. 그것은 마땅히 네가 가져야 할 몫이다. 가는 것이 있으면 오는 법도 있으니 당연한 것이다. 허나, 그럼에도 네 마음이 꺼려진다면, 이렇게 생각하거라. 전상, 네가 나를 용으로 대하고자 마음먹었으니 내 너를 기특히 여겨 내리는 상을 받는 것이라고 말이다."

내 그리하여 차마 거절하지 못하고, 감사의 절을 올리고선 재물들을 챙겨 마을로 돌아오게 되었다오. 지난밤 산을 헤매었던 것이 이상하다 싶을 정도로 금방 산 아래로 내려오는 길을 찾았으니, 기묘하다 싶어 산을 올려다보니 방금까지 내가 내려왔던 길이 사라져 있었다오. 그제서야 정말 내가

용을 만났구나 실감이 나는 게 아니겠소. 그리하여, 함부로 용이 있다는 말을 퍼뜨리고 다닌다면 괜히 내가 해를 입을까 싶어 집으로 돌아가, 산에서 길을 잃고 헤매던 중 하늘에서 내려온 하얀 옷 입은 늙은 신선이 내 효심에 감동하여 재물로 가득 찬 석굴의 위치를 알려 주었다고 아버지께 말씀드렸소. 그리하니, 아버지께서 크게 기뻐하시며 나를 기특하게 여기셨다오. 돈을 벌고 아버지를 호강시켜 드리고, 집을 새로 짓고, 조상들의 위패를 정돈하니 내 마음이 얼마나 기쁘던지…. 허나, 한편으로 내 마음속에 이상한 부채감도 없지 않아 있었소. 세상 사람들은 내가 홀로 아버지를 모시고 사는 것에 감동한 하늘이 상을 내렸다고 나를 칭송하였으나, 사실은 사내의 요구를 들어준 대가로 받은 것이었으니 말이오."

그 말에 놀라 눈을 동그랗게 뜬 마님이 침방 문 잡고 있던 손에 힘을 주셨다가 걱정스러운 얼굴을 하고 다시 전 선생의 낯을 살피며 하는 말을 꺼내니,

"소첩은 서방님께 그런 사정이 있는 줄 상상치도 못하였사

옵니다. 허나, 서방님께서는 이후에도 석굴에서 필요하실 적마다 재물을 꺼내 오시지 않으셨습니까. 그렇다면, 그렇게 꺼내 오신 재물들은 어디에서 얻으신 것이옵니까? 또, 서방님께서 말씀하신 이무기를 벗으로 둔 것과 이 이야기가 어떠한 관련이 있단 말입니까?"
하고 말을 꺼냈다. 마님의 물음에 전 선생 수염 쓸어내리며 숨을 고르고, 묵은 비밀을 풀어 놓아 한결 마음이 편해진 양 말을 차분하게 마저 이어 나가기를,

"부인. 모두 이유가 있소. 모든 일에 이유가 있듯, 내가 이 이야기를 지금 꺼내는 것에도… 이유가 있다는 말이오. 그리고 내가 말하는 모든 일들이 일어난 이유와 지금 내가 겪는 이 고통이 찾아온 이유는. 모두 내 호기심 때문이오. 나는… 부인, 내가 가문의 이름을 높이는 것에는 삼 년이 걸렸소. 큰 집을 짓고, 세간살이를 전부 바꾸고. 새 사람을 들이고 많은 일들이 있었다오. 그러던 중 내 아버지와 정겹게 나누어 마실 술을 구하려 장을 구경하던 사이에 약주를 파는 상점을 보았다오. 온갖 술들이 안에 들어차 있는 걸 보고 내 청주 몇 병을 사 돌아가려던 차에, 주인이 늙은 노인의 허리

도 낫게 해준다며 붉은 지네들을 담가 내린 술을 권하는 게 아니오. 내 꺼림직하여 거절하고 집으로 돌아오는데, 문득 삼 년 전 은혜를 입었던 그 사내가 떠올랐소. 정말로 그가 용이라면 여전히 그곳에 남아 있을까 싶었으나 한편으로는, 다시 찾아갔을 때 나를 알아본 사내가 반가워하며 더한 것을 베풀어 주지는 않을까 하는 작은 욕심이 생겼소.

그리하여, 그날 밤 나는 다른 사람들 몰래 홀로 산을 탔소. 지난 은혜에 대한 보답으로 바칠 청주 한 병을 손에 들고 산을 헤매고 있으니, 내 어느새 삼 년 전 그날 보았던 길에 있다는 것을 알게 되었소. 천천히 걸음을 옮기자, 내 눈에 그 석굴이 보이고, 석굴 밖에 나와 가만히 서 있던 사내가 환한 미소를 지으며 건네오는 말이,

"오랜만이구나, 전상. 못 본 사이 얼굴이 많이 밝아졌구나. 그간 잘 지냈느냐." 이전과 다름없는 빼어난 자태로 나를 맞이하는 사내의 비단 도포는 여전히 먼지 하나 앉지 않은 선명한 붉은색을 띠고 있었소. 험한 산속에서 고생 한 번 안 한듯한 고운 얼굴도 여전했다오. 내 모습은 삼 년 전과 확연히 달랐음에도 한눈에 알아보았으니 역시 내 착각하였던 것

이 아니라 정말로 신묘한 존재일 것이로다 생각하며 나는 놀란 얼굴을 숨기고는 고개를 숙이며 사내에게 청하였소.

"삼 년 전. 귀하신 용께서 소인에게 과분한 은혜를 베풀어 주셨기에, 그를 갚고자 이리 다시 오게 되었습니다. 부디 소인이 올리는 술잔을 받아 주십시오."

그렇게 내가 말을 붙이자, 사내의 눈이 순간 검은 구슬만치 커졌다가, 금세 표정을 거두고 눈매를 부드럽게 휘며 하는 말이,

"전상, 너는 이전에도, 지금도 변함없이 내게 은혜를 베푸는구나. 그것이 기특하기 그지없으니, 내 어찌 네가 권하는 술을 거절하겠느냐. 너도 내 앞에 앉거라. 전상. 내 홀로 외롭게 마시기보다는 소탈한 벗과 잔을 나누고 싶으니."

내 그 말을 듣고 마음이 기쁘고 들뜨니, 내 그 사내가 권하는 대로 석굴 바닥에 그를 마주하고 앉아 술을 나누어 마셨다오. 그 술이 얼마나 달던지! 사내가 어떠한 신묘한 재주를 부렸는지 취할 때까지 술의 양이 조금도 줄지 않았으며, 사내가 가볍게 손짓하니 어둑하던 석굴 안이 환히 밝아졌다오. 더욱이 이전에 보았던 지네와 백골은 모두 환상이었던

것마냥 석굴 안이 깔끔하니, 내 술에도 진득하게 취하여 호기심도 들었겠다, 사내에게 이리 대단한 재주를 가지고서도 이런 석굴에 머무는 이유가 무엇인지를 물었소. 그러자, 사내가 말하기를,

"원래 나는 용이 되고자 수행을 하던 이였다. 태어나기를 바닥에 붙어 하늘을 올려다보는 존재였으니, 내 덕을 쌓기 위하여 석굴을 거처로 삼고 지내왔다. 내 관용을 베풀며 모든 이들을 대하려 하였으나, 하늘에 정성스레 기도하는 동안 나를 시기하던 이들이 이 석굴 밖으로 내가 나오지 못하도록 가두었다. 헌데, 하늘도 아닌 한낱 인간인 네가 나를 이 석굴에서 나오게 해주었으니 참으로 고마울 뿐이다. 내 이 은혜는 반드시 전부 갚을 것이다."

그렇소, 부인. 그것은 용이 아니라… 용이 아니라, 이무기였던 것이오. 용이 되고자 하였던. 내 무슨 대단한 일을 하지도 않았는데도, 그리 이무기가 내게 은혜를 갚겠다 하니 마음이 무거우면서도, 괜한 흥미가 돌았다오. 그리고… 그게 시작이었소, 부인. 나와 이무기의 우정이 말이오. 이무기는 내가 술을 들고 찾아와 하는 이야기 듣기를 즐거워하였고,

나는 한양에 계신 대단한 나리들도 얻지 못할 귀한 인연을 가진 것에 만족하였소.

 그래, 서로 좋으니, 사이가 틀어질 일이 무어 있겠소. 그래서, 내 그 후로도 시간이 날 때마다 사람들의 눈을 피해 이무기를 찾아가는 것을 반복했소. 솔직하게… 그렇소, 부인. 나는 이무기의 그 이유 모를 호의에 기꺼웠소. 그리고, 그것이 나를 대하는 태도에도 변함이 없으니 내 이무기와 함께 있을 때만큼 편한 때가 없었소. 다른 이들은 내가 부유해지자, 다들 대하기를 어려워하였으나… 백 공은, 그래, 그러니까 그 석굴 안의 이무기의 태도는 언제나 같았소. 마치, 물가에 내놓은 아이 보는 양, 이무기는 변함없이 나를 헤아리며 행동했소.

 이무기는 내가 찾아갈 때마다 기쁜 얼굴을 하고 있다가, 내가 자그마한 한숨이라도 한 번 쉬면 화들짝 놀라며 무엇이 문제냐 물어보곤 했소. 나는 욕심에 눈이 멀어 이무기에게 많은 부탁을 했다오. 벗이라는 이름으로, 이무기의 재물과 힘을 다 빌렸다오. 그런데… 그런데, 그 사악한 것이 이런 부탁을 해올 줄은…내 정말 꿈에도…."

"무슨 부탁을 하였기에 그리 망설이십니까, 서방님?"

"아무기가, 그것이… 고 사악한 것이…내게 가장 소중한 것을… 그러니까, 나 대신에 이 가문을 이끌어야 할 휘를, 우리 휘를 달라고 하였소."

그 말에 앉아 있던 마님이 저고리 앞섶 움켜잡으며, 비명 지르듯 높은 소리로 외치니,

"그게 무슨 소리입니까! 어찌, 어찌 그것이 제 아들을, 이 집안의 대를 이을 아이를 달라고 한단 말입니까! 설마, 그리하겠다 이미 약조하신 것은 아니시겠지요, 서방님! 그것과 약조하지 않았노라, 집안의 가장으로서 허하지 않았노라 답하셨다고 소첩에게 어서 말씀해 주십시오!"

마님이 내 배 아파 낳은 아이온데, 어찌 어미가 되어 요물의 아가리로 자식을 밀어 넣을 수가 있느냐 하며 서글프게 눈물을 흘리니, 이번에는 전 선생이 놀라서는 다급히 고개 들어 마님의 양 어깨를 잡고 말했다.

"아니오, 부인! 내 그리 약조하지 않았소! 내 어찌 그것에게 내 아들을 내어 줄 수 있단 말이오! 허나, 그것이 내일 다시 온다고 하였기에, 내 그것이 두려웠소. 부인도 나처럼 두

러운 것을 알겠지만, 부인은 나보다 영민하니, 무슨 방도를 알지 않을까 하여 이 이야기를 털어놓는 것이었소. 부인, 어찌하면 좋겠소. 어찌하면 우리 휘를 그놈으로부터 지킬 수 있겠소?"

"아아, 서방님. 어찌하여 일이 이렇게 되었단 말입니까. 무엇이 이렇게나 일이 그르치게 되도록 하였단 말입니까. 이무기라 하였지요. 신묘한 재주를 가지고 있다 하여도, 서방님. 이무기란 것은 결국 사특한 존재이니 무당에게 맡기면 되지 않겠습니까. 마침 마을에 '섬와'라는 이름을 가진 무당이 들렸다 하옵니다. 내일 날이 밝자마자 그 무당을 집으로 불러 사정을 이야기한다면 방도를 찾을 수 있지 않겠습니까?"

"무당 말이요… 무당, 무당이라… 섬와라…."

"한때 그것이 서방님의 벗이었다고 한들, 도리를 모르고 사악한 속내를 드러내었으니 그것은 이제 서방님의 벗이 아니라 그저 요물이 아니겠습니까. 부디 정에 눈이 멀어 도리를 알아보지 못하셔서는 아니 될 것이옵니다."

그 말을 들은 전 선생, 아랫입술 깨물고 또 근심하는 낯을 띠었다가 단단히 마음먹은 듯 부인을 끌어안고 조용히 읊조

렸으니,

"부인의 말이 맞소. 그리 합시다. 그리 한다면 분명 휘를 살릴 수 있을 것이오. 고것에게… 내 휘를 내어 줄 수는 없는 노릇이니, 부인의 말대로 그리 합시다."

전 선생이 그제서야 닫혀 있던 침방 문을 열며, 수그렸던 고개 들어올리는 해를 올려다보며 겁먹은 부인을 끌어안은 채 나지막한 소리로 말을 뱉었다.

"사람이 정에 눈이 멀어 도리를 알아보지 못해서는 아니 될 것이니…."

**

"그래서, 거 뭐 재미난 이야기 새로 들은 것 없고?"

"아니, 이 사람이. 내가 무슨 전기수인 줄 아나, 아는 게 있어야 이야기를 하던 말던 허지 않것어?"

"에이, 뭘 그렇게까지 사납게 굴구 그래. 자네가 소식은 제일 빨리 아니 한번 물어본 것뿐이제."

"사납기는 뭐가 사납단 말이야. 옆 마을 졸부 선생 재수가 더 사납제. 아주 그냥 집안이 망해 버렸다 허지 않것어."

"허어, 고게 사실이란 말이여? 아니, 무슨 일이 있어 가지구?"

"거, 이거 참… 어디 가서 함부로 떠들고 다니지 말어. 괜히 재수가 없으려니… 그 왜 졸부 선생의 아내고, 딸이고, 아들이고, 종들이고 싹 다 하루아침에 죽었다 하더라. 헌데, 그게 졸부 선생이 산에서 험한 것에 홀린 탓이라 하는 게 아니겠어?"

"참말로? 아니, 그런데 자네는 그걸 어디서 들은 것이여?"

"자네 몰랐는가? 왜 사흘 전, 얼굴 흉하게 녹아내린 노인 하나가 마을에 오지 않았던가? 내 의원이랑 오늘 아침에 이야기 나누다 들었는데, 그 노인이 '섬와'라는 이름을 가진 무당이라 하더라구. 꽤 실력 좋다 이름난 무당이라는데, 어제 아침에 얼굴이 새카맣게 변해 죽었다고 의원이 말해 주더라. 그러면서 한 마디 더 붙이는 것이, 무당이 죽기 전날 저녁에 의원에게 옆 마을 졸부 선생 집에 무슨 변고가 있었다더라 했다는 거여."

"변고라구? 거 줄초상 난 연유가 따로 있었다는 말이여? 그래, 그 변고란 게 뭐라 했대?"

"보통 사정이 아닌 것 같다 싶었는데, 맞더라고. 그 섬와라는 무당은 자기가 주막에서 여독을 풀고 있었는데, 졸부 선생 집 노비가 아침이 되자마자 나리께서 부르신다 해서 동트자마자 졸부 선생네 갔다 했네. 무당이 말하길, 졸부 선생 집에 들어가자마자 아무런 말을 들은 게 없음에도 낌새가 이상하더란 거여. 어둡고 음산한… 무언가 위험한 것이 집에서 머물렀다가 갔던 것이 느껴지더란 것이지. 무당이 모시던 신도 여기서 나가자고 잔뜩 겁내는 목소리로 무당 귓가에 속삭이며 자리를 피하고 싶어 했다고도 했다더라구. 곧 급히 차림을 정돈하였는지 졸부 선생과 부인한테 사정을 들어보니, 졸부 선생에게 사악한 이무기가 과하게 은혜를 갚으라 요구하고 있었다더라 하는 거지."

"무어? 이무기? 이무기란 말이여? 이무기가 정말로 있는 것이란 말인가? 그, 그 저 산속에?"

"그래, 그렇다고. 졸부 선생이 무당에게 말해 줬다더라고. 고건 평범한 것이 아니라 이무기 같이 신묘한 능력을 가지고 있는 것이라면서. 자기가 갑자기 부자가 된 것도 이무기가 석굴 앞 도화나무에 앉은 까마귀를 쫓아내 달라고 하는 것에 나무를 베어 줘서, 그것에 대하여 고맙다며 재물을 주었기 때문이라고 허더라."

"고작 그런 걸로 부자가 되었다고? 거, 나 같았음 도화나무 하나가 뭐야, 다섯이건 열이건 나무란 나무를 모조리 싹 다 베었을 텐디! 으, 아까워 속이 다 쓰리네!"

"아니, 자네는 겁도 없이 수상한 것과 함부로 연을 맺으려 하는 것이여? 그런 세상 모르고 하는 소리 하지 말어. 어쨌거나, 졸부 선생은 재물을 받고도 은근히 계속 이무기를 찾아 산을 남몰래 오르며 정을 쌓았다 하더라구. 그런데 갑자기 이무기가 벗으로서 부탁 하나만 들어 달라고 말했다더라구. 그리고 고 부탁이란 것이, 단 하나뿐인 아들을 달라고 하는 것이라 놀라 거절했지만, 이무기가 당장 오늘 밤에 다시 오겠다고 말했으니, 어떻게 해야 그 사악한 이무기를 막을 수 있겠는가 하고 방도를 물었다는 거여."

"아니, 아들 자식을 달라 하였다고? 고놈 정말 사악하기 그지없는 짐승이로구만! 어떻게 자식을, 그것도 아들 자식을 부모에게 달라 하냔 말이여! 이무기는 무슨. 고건 그냥 성격 사악한 구렁이 놈이 아니여? 그래서 무당이 뭐라 했대?"

"무당은 집안에 어둡고 사특한 기운이 넘치는 걸 보고, 확실히 무언가 위험한 것이 다시 오겠구나 싶어 기꺼이 돕겠다 했다 허더라구. 이무기라는 게 보통 요물이 아니니, 신중, 또 신중해야 한다고 생각하여, 무당은 자기가 아는 악한 것을 쫓는 방안들을 모조리 썼다고 했네. 닭 피로 부적을 써 집안 곳곳에 붙이고, 팥과 소금을 섞은 것을 대문 옆 바닥에 놓아 두고, 마당에서는 그날 밤에 다시 찾아올 것을 쫓아내기 위한 굿판을 미리 깔아 두었다는 거여. 졸부 선생이니만큼 집에 돈이 많으니 준비하기 어렵지는 않았다지. 헌데 두려워하는 다른 이들과 달리 졸부 선생만 침착한 기색으로 때를 기다리니, 무당이 무언가 이상한 기색을 느꼈다고 그랬네. 그래도, 급한 것은 다른 곳에 있으니 그냥 선생이 자기가 매듭지어야 하는 일임을 받아들이고 마음을 단단히 먹고 자기 할 일 잘 하려니 했다는 거여. 그리고 해가 지고, 달이 높이 떠오르자 정말로 졸부 선생 대문 밖에서 차분히 누가 말하더란 거여.

"전 선생. 나요. 백 공. 내 자네에게 말하였던 대로 다시 왔소. 문 좀 열어 주시오."

사내의 목소리는 부드럽기 짝이 없었으나 어딘가 음습한 기운을 떨쳐내지 못했다지. 그래서 양손에 날 시퍼런 칼을 든 무당이 대문을 향해 크게 소리치기를,

"전 선생은 여기에 없다! 전 선생은 여기에 없으니 돌아가라! 네가 속한 곳으로 당장 돌아가지 못할까!"

그렇게 연달아 무당이 대문 밖 존재를 꾸짖자, 대문 밖에서 다정하게 전 선생을 부르던 사내의 말소리뿐만 아니라, 점잖게 대문을 두들기던 소리도 잦아들었다는 거여. 그래서, 무당이 대문 밖에 있는 흉흉한 것을 쫓아냈으니 이제는 다행이다 하고 집안에 있던 이들이 모두 안심하고 있었는데, 갑자기 대문 밖에서 찢어지게 웃어대는 여자의 목소리가 들려오더란 거여.

"네놈이 거짓말을 하는구나! 전상, 듣거라. 내 자네가 여기

안에 있음을 알고 있고 하는 말이다! 자네가 내게 반드시 내게 갚겠노라 하지 않았느냐! 네가 그리도 내세우던 인간으로서의 도리는 어디로 갔느냐! 네가 이리 나온다면, 나도 너와의 약조를 지키지 않을 수밖에 없다!"

집 안 마당에 모여 있던 모든 이들이 얼굴 굳히고, 무당 뒤편에 서 있던 졸부 선생은 얼굴이 사색이 되다 못해 땅바닥에 풀썩 주저앉았다 했네. 대문 아래로 안쪽 상황 살피던 검은 두 눈이 신난 듯 얇게 휘어지면서 말을 했다는데,

"전상, 전상! 겁을 먹었느냐! 내 진작에 너에게 신중하라 하지 않았던가, 응? 내 네에게 언제나 그리 말했거늘! 네 모든 행동이 모두 결과로 나타날 것이라 내 언제나 일러 주었거늘! 너는 이제 나를 배신하려고 하는구나. 내 참을 수가 없다!"

그 말에 무당이 졸부 선생이 저 밖에 있는 것과 집 안의 자신 사이에 무언가 더 많은 일들이 있겠구나 하는 것을, 그제서야 알아차렸다는 거여."

"허어, 그러면 뭐… 그 졸부 선생이 일부러 무당에게 숨긴 것이 있었다는 말이여?"

"무당에게만 숨긴 게 아니라, 자기 부인이랑 종들에게도 다 숨겼다는 거제! 그 졸부 선생이 자기 부인을 엄청 아끼는 걸로 유명한데도, 부인에게 숨겨야만 했던 일이었던 거여! 졸부 선생 부인이 한때 전국을 오가며 돈을 벌다가 산적에게 목숨을 잃은 거상의 딸이었지 않어? 헌데 말이지, 그 대문 밖에 있는 것이 졸부 선생에게 소름 끼치는 목소리로 말을 걸어 오는데. 졸부 선생이 더한 부를 얻을 수 있도록 그 부인의 아비를 죽여 달라 부탁했던 것을 들어주었음에도 어째서 아직까지도 부인을 살려 두었는지, 약속했던 것과 다르게 왜 아직도 자신을 부인으로 들이지 않는 것인지 고것이 따지는 거여! 그것의 말에 집안이 난리가 나고, 감정 격해진 부인이 고개 들어 졸부 선생에게 따지려고 허자, 밖에 있는 것이 사납게 소리를 치는 게 아니겠어.

"네 년의 목숨줄도 질기기 그지없구나! 내 너를 중독시켜 죽이려 하였으나 전상이 부탁하여 해독시켜 주었음에도, 주제도 모르고 여전히 부인 자리를 지키고 있으니 원통하다! 원통해! 네 년이 죽으면 내 너의 가죽을 뒤집어쓰고 부인 노릇을 하려고 하였으나, 어째서 죽지 않는 것이냐, 네 년은!"

이어서 커다란 대문이 미친듯이 흔들리니, 밤중에 난리도 그런 난리가 없어 무당이 더 사태가 좋지 않아지기 전에 쫓아내야겠다 마음을 먹고 본격적으로 굿을 시작했다는 거여. 무복 입고 무당이 사악한 것을 쫓아내고자 굿을 하니, 밖에 있던 것이 괴로운지 신음을 내지르며 대문을 벅벅 긁어대는 게 아니었어.

"전상, 전상! 너는 내가 없어도 괜찮을 것 같으냐! 내가 떠나면 정녕 다 해결될 것 같으냐! 네 정이란 것이 일그러졌음에도 이전과 달라지는 것이 없을 것 같으냐! 이미 늦었다! 이미 다 늦었단 말이다, 전상! 그러니, 이 문을 어서 열어라! 네가 말하던 그 도리란 것이 정녕 존재한다면!"

때맞춰 천둥 번개가 우르르 쾅쾅 치고, 검은 먹구름이 몰려와 밝게 떠 있던 달의 환한 얼굴을 가려 버려 대문 밖에 번쩍이는 두 커다란 눈만 선명하게 보였단 거여. 그래서 가솔들 모두 혼란에 빠져 이를 어쩌면 좋으냐 하고 있는 와중에도, 무당은 저 밖에 있는 것이 괴로워하고 있으니 자신이 해결할 수 있으리라고 믿었다는 거여. 그러니까… 어느새, 대문가로 비척거리며 걸어간, 졸부 선생이. 말릴 새도 없이 대문을 열기 전까지는 말이지."

"…그게 무슨 소리여? 아니, 갑자기 왜… 왜 갑자기 그렇게 일이 된단 말이여?"

"나도 모르지, 이 사람아! 나는 그냥 의원에게 들은 걸, 자네한테 그대로 전해주는 것뿐이라니까. 무당은 졸부 선생이 손을 떨어대면서도 망설임 없이 문을 밀어 열었다 했고… 그렇게 되자마자, 무어… 그래, 밖에 서 있던 길고 커다란 것이 재빠르게 집안으로 들어왔으니 비명만이 집 안을 가득 채웠다지. 그 흉흉한 자태를 본 무당은 두려움에 도망가려다가, 살기 선선하게 띠우고 자기를 노려보고 달려든 고것의 독니에 물려 그대로 기절했다는 거여. 둥근 대가리에 달린 큰 이빨에 닿자마자 얼굴이 녹아내리는 느낌에 고통스러워 기절

할 수밖에 없었다지! 그리고 무당이 정신을 차렸을 때는, 이미… 사람이란 사람은 다 죽어 있었다는 거여. 무당의 얼굴은 독에 당해 두꺼비 등 마냥 흉측하게 변해 있었고… 안 됐지. 거 섬와라는 무당도 졸부 선생 때문에 제가 그렇게 죽을 줄 어떻게 알았것어."

"허어… 거참…기묘한 이야기가 따로 없구만… 그래, 그럼 졸부 선생은? 그 이무기 놈이랑 떠난 거여? 그 뭐야… 이무기를 부인 삼아서?"

"아, 졸부 선생 말이지… 거, 옆마을에서 넘어온 사람 이야기를 들었는데, 죽은 채로 발견됐다지. 마을 뒷산으로 올라가는 입구 길에서 말이여. 헌데, 그 졸부 선생이 죽은 꼴이… 괴상하기 짝이 없었어."

"괴상한 꼴이라고 하면…?"

"…산으로 나 있는 길에 엎드려 있는 걸 마을 심마니가 처음으로 발견하고, 심마니가 졸부 선생 몸을 뒤집어 봤는데… 얼굴이 없더란 거야! 얼굴 가죽이 벗겨져 있더란 거지! 커다란 집게로 죽 잡아 찢어 놓은 것처럼 말이여! 마치 가죽 벗겨진 짐승 같은 꼴이었다지!"

은애

낙토의 기아들

*

주 예수의 은혜가 모든 자들에게 있을지어다 아멘 —

주 예수의 은혜가 — 아멘 — 있을지어다 —

모든 자들에게 — 아멘 — 있을지어다 —

아멘 —

유리창 너머 낡은 구형 라디오가 작동을 멈추었다. 제 기능을 잃은 고철 덩어리를 바라보던 서른 세 쌍의 눈이 동시에 깜빡였다. 서른 세 명의 학생들을 인솔하던 푸른 제복의 여자가 발을 멈추고, 유리창 옆 은색 버튼을 다시 한 번 눌렀다. 라디오의 몸체 가장 윗부분에 붙어 있던 작은 등이 녹색으로 점등했다. 곧 라디오가 치직거리는 잡음을 반주 삼아, 몇 번이고 반복했던 문장들을 처음부터 다시 노래하기 시작했다.

　　　예수 그리스도의 계시라 이는 하나님이 ―

학생들이 낮고 담담한 남성의 목소리에 귀를 기울였다. 푸른 제복의 여자가 그 모습을 바라보며 얼굴에 미소를 띠었다. 목에 두른 푸른 스카프의 흐트러진 모양새를 흰색 장갑을 낀 손으로 차분하게 정돈하고 나서, 여자는 유리창을 등 뒤에 두고 돌아서선 밝은 목소리로 말했다.

"여러분 모두 이 전시품에 많은 관심을 가지고 계시네요. 해당 전시품은 이곳에서 가장 유명한 전시품으로, 과거 존재했던 종교의 영향력을 엿볼 수 있는 음성 기록물입니다. 해당 음성 기록물에서 등장하는 목소리의 주인이 누구인지는 알려지지 않았습니다. 하지만, 복원 과정 중에서 밝혀진

녹음 기기 내의 결함을 통하여, 해당 음성 기록물이 이천 년대 후반에 녹음 후 배포되었다는 사실은 알아낼 수 있었답니다."

신기한 듯 눈을 동그랗게 뜬 아이들의 말소리가 한데 엉켰다.

"그러면… 이백 년 전 기록이에요? 엄청 오래된 거네요? 그렇게 오랜 시간 동안 멀쩡하게 기록이 남았다는 게 신기해요."

"어, 그럼 이거 불법인 거 아니에요? 종교는 금지됐잖아요. 이렇게 전시해도 괜찮아요?"

"야, 이 바보야. 괜찮으니까 여기 있는 거겠지. 그것도 몰라?"

아이들의 소곤거리는 목소리가 점점 몸집을 키우려 하자, 푸른 제복의 여자가 한쪽 손을 들어올려 가볍게 손가락을 튕기는 소리를 냈다. 소란이 잦아들자, 여자는 여전히 얼굴에 친절한 미소를 띤 채로 말했다. 흰 장갑으로 감싸진 얇은 그녀의 손가락이 은색 버튼 왼편에 있던 작은 푸른색 버튼을 눌렀다. 작은 녹색 유리등이 회색빛으로 변했고, 어두운 관람실 내부를 채워 나가던 남자의 목소리도 뚝 하고 갑자기 끊겼다.

"자, 집중하세요. 소란스럽게 굴면 남은 전시품들을 관람하는 대신, 출구로 바로 이동할 수밖에 없습니다. 네, 좋아요. 모두 다시 집중하시는 모습이 보기 좋네요. 전시품에 대한 설명에 들어가기에 앞서, 오늘날 이십 사 세기를 살아가는 여러분들에게 익숙한 이야기를 먼저 해볼까 하는데요? 지금으로부터 약 이백 년 전, 무슨 일이 일어났는지를 기억하고 있는 학생이 있을까요? 앞서 저희가 함께 살펴보았던 설명문에도 적혀 있었는데… 네, 말씀하세요."

"대전쟁이요. 그러니까, '살육의 시대'에 일어났던 큰 전쟁 말이에요."

왼쪽 눈 아래에 남색 반점들이 여럿 자리 잡고 있는 남학생이 들고 있던 손을 내리며 대답했다. 푸른 제복의 여자가 만족스러운 듯 고개를 끄덕였다.

"네, 맞습니다. 이십일 세기 후반부터 이십 세기 중반까지, 세계 곳곳에서는 연속적으로 크고 작은 전쟁들이 벌어졌습니다. '살육의 시대'의 정확한 원인과 세부 과정에 대해서는 현재 학자들마다 다른 의견을 가지고 있습니다만, 기술의 발전을 따라가지 못한 인류의 이성이 '살육의 시대'의 발생 원인

낙토의 기아들 57

이라는 설이 가장 우세합니다.

아까 대전쟁이라고 말씀하셨죠? 비슷했지만, 정확한 용어로는 '초국전'이라고 합니다. 국가의 경계를 넘어서 전 지구적 규모의 거대한 전쟁이라는 뜻대로, 기존의 여러 국가들이 몰락하고 새로운 국가들이 건국되었다가 다시 몰락하는 일들이 비일비재하게 되며 수많은 사람들이 목숨을 잃게 되었습니다. 당시 전쟁을 멈추어야 한다고 강력히 주장하던 반전주의자들도 존재했습니다만, 인류가 집단 광기와도 같은 폭력성에 물드는 것을 막기에는 역부족이었습니다. 만약 이십 세기 후반에 발생했던 식량난이 아니었다면 '살육의 시대'는 오늘날까지도 이어졌을 것입니다. 자, 여기서 질문을 다시 한 번 더 해보겠습니다. 혹시 이십 세기 후반 식량난에 대해서 아는 학생도 있을까요?"

"저요! 온난 현상이 심화되어 그린란드 빙상이 녹아 해수면이 상승했고, 그래서 농사를 짓고 가축을 기를 공간이 부족해졌습니다. 그래서 세계적으로 식량난이 발생한 것으로 알고 있습니다!"

"네, 정확합니다. 학교에서 배운 것을 잘 기억하고 있네요."

갈색 머리카락 사이에 하얀색 머리카락들이 섞여 있는 여학생이 손을 위로 쭉 뻗곤 자신만만하게 대답했다. 곧 여학생이 방금 전 바보냐며 자신을 타박했던 남학생에게 혀를 내밀며 아래로 손을 내렸다. 가볍게 여학생에게 주의를 주고 나서, 푸른 제복의 여자는 유리창 너머 구형 라디오 뒤쪽 벽에 걸려 있는 커다란 지도를 가리키며 마저 말을 이어 나갔다.

"아까 학생이 말해 준 것처럼, 가축과 농사를 지을 땅이 부족해지자, 전쟁을 치르던 인류는 살아남기 위해 전쟁을 멈추고, 마침내 '살육의 시대'의 그늘에서 벗어나고자 했습니다. 종전 후, 효과적인 식량 보급법을 개발한 노아 아르크 박사가 속해 있던 제1구역을 중심 거점으로 둔 전 지구적 공동체가 조직되기 시작했습니다. 그 결과, 평등과 박애라는 건국 목표를 둔 인류연맹연합이 이루어진 것입니다. 지도 위에 붉은색 부분이 보이시죠? 인류연맹연합의 초기 모습입니다. 푸른색 부분은 현재의 인류연맹연합의 모습인데요, 푸른색 부분 중 여기 노란색 점으로 표시된 부분이 현재 우리가 속해 있는 제82구역입니다. 시간이 지나며, 확실히 더 많은 지역

들이 통합된 것이 보이시죠?

  이후 초대 헌법을 제정하는 과정에서, 인류연합 내 공용어 제정 조항, 개인의 생물 재배 및 사육 제한 조항, 단체 운영 제한 조항 등의 내용이 포함되었습니다. 이 중 단체 운영 제한 조항 내에서는, 대형 종교 단체의 운영 및 활동을 제한하는 조항이 있는데요. 이는 '살육의 시대' 때 종교적 신념을 내세운 일부 조직이 대량 학살을 일으킨 사례가 있기 때문입니다. 같은 일이 반복되지 않도록 막기 위해서죠. 아까 종교 기록물을 보관하고 있는 것이 불법이 아니냐고 물어보셨는데, 인류연맹연합은 주요 문화 요소들 중 하나였던 종교 연구에 대해서는 개방적인 입장을 취하고 있습니다. 다만, 인류연맹연합의 허가를 받지 않은 종교 활동을 공식적으로 금지한 것일 뿐입니다. 쉽게 말해서 개인의 연구의 자유를 존중하면서도, 선동의 위험은 경계 및 차단하고자 하는 것이 인류연맹연합의 입장이라고 보시면 되겠습니다. 충분히 헷갈릴 수 있는 부분이니, 여러분들께서는 이 점에 대해 주의해 주시기 바랍니다."

  여학생이 이해했다는 듯 푸른 제복의 여자를 바라보며 고개를 끄덕였다. 다른 대여섯 명의 학생들도 고개를 끄덕이는 것을 확인한 푸른 제복의 여자가 관람실 안쪽을 힐끔 바라보았다. 이전의 관람객들이 자리를 비운 것을 확인한 푸른 제복의 여자는 곧게 선 자세를 안쪽으로 돌렸다.

"그럼, 다시 전시품에 대한 설명으로 돌아가겠습니다. 이 녹음 기록은 '살육의 시대' 이전에 종교의 영향력이 얼마나 강력했는지를 엿볼 수 있는 증거로서 이곳, 제82구역 중앙 박물관에 전시되었습니다. 이 기록의 경우, 인류연맹연합의 초대 원수인 노아 아르크 박사의 유족으로부터 기증받은 것입니다. 그렇기에, 문화적 측면뿐만 아니라 역사적 측면에서도 충분한 가치가 있는 전시품이라고 볼 수 있습니다. 이제, 다음으로는…"

푸른 제복의 여자가 천천히 관람실 안쪽으로 걸음을 옮기기 시작했다. 이번에는 서른세 명의 아이들도 조용히 여자를 따라 천천히 걸어갔다. 그들의 뒷모습을 R이 힐끗 바라보았다. 커다란 푸른 머리통과, 얼룩덜룩한 몸뚱아리를 가진 커다란 벌레 한 마리가 느리게 기어가는 것 같았다.

R은 요즘 애들은 자신이 어렸을 때보다 더 개성적인 외모

를 가지게 된 것 같다고 생각했다. 적어도, R이 어렸을 적에는 머리까지 오염의 흔적이 남지 않았었다. 당장 R도 그랬다. 왼발, 오른쪽 가슴 위, 목 뒤, 그리고 오른쪽 뺨. R은 제 몸의 검푸른 낙인들에 대해 생각했다. 순간 왼쪽 발끝이 간지러웠다. 작은 벌레가 느리게 발끝에서 발등을 타고 기어오르는 기분이 들어 괜히 R은 관람실 벽에 왼쪽 발등을 대고 눌렀다. 빠득 하고 으깨지는 소리가 들렸다. 그제서야 더 이상 왼발이 가렵지 않았다.

  얼룩 하나 생기지 않은 신발 앞 코를 내려다보던 R이, 옆쪽으로 시선을 돌렸다. 유리창 내부를 가만히 들여다보고 있는 K의 옆 얼굴이 R의 눈에 들어왔다. 어떠한 생각에 깊이 빠진 그 얼굴이 어째서인지 거슬려서, R은 K의 옆구리를 팔꿈치로 가볍게 찔렀다.

  "야, 뭘 계속 그렇게 봐? 아까 설명 다 해줬는데."

  "…아니, 그냥… 신기해서. 넌 신기하지 않아?"

  "이백 년 된 고물인데 아직 멀쩡하게 남아있다는 게? 야, 1구역에 있는 중앙박물관엔 한 몇천 년 됐다던 조각상 파편도 있더라. …머리만 남아 있긴 하지만. 데이비드인가 하는.

그거 있잖아."

"아, 그거. 그래, 나도 알아. 작년에 직접 한 번 가서 봤거든. 다비드 두상. 뭐…맞아, 오래됐는데 비교적 멀쩡해 보여서 신기한 것도 있지. 그런데… 그냥 이게 지금까지 남아서 전시되고 있다는 사실, 그거 자체가 더 신기하다는 거야."

"…신기할 게 뭐 있나? 유족한테 받았다고 하잖아. 노아 아르크. 그 사람, 초대 원수였으니까 돈 꽤나 많지 않았겠어? 골동품 수집하는 취미 하나쯤은 있을 법하지."

무심한 R의 대답에, K가 느리게 고개를 돌려 R의 얼굴을 똑바로 바라보았다. R의 검은 눈에 K의 얼굴이 가득 들어찼다. 검푸른 반점이 거의 없는 K의 얼굴은 보기 좋았다. 아니, 단순히 보기 좋은 것을 넘어서 오히려 가까이에서 세심하게 살펴보는 것이 즐거울 정도였다. 선명한 갈색 왼쪽 눈동자와 다르게 오른쪽 눈동자는 짙은 회색이었지만, 오히려 K의 양쪽 눈 색이 다르다는 것은 오직 그만의 독특한 매력처럼 보였다. 만약 자신의 양쪽 눈이 달랐어도 저렇게나 눈부실 수가 있었을까? 그럴 리가 없었다. 저것은 K에게만 허락된 것이다. R은 그렇게 속으로 중얼거렸다. 당연했다. 자신이 K와 같이 양쪽 눈의 색이 달랐다면 아름답기보다는 징그럽다고 여길 것이었다. 그 부조화로부터 오는 조화로움은 오로지 K만이 가질 수 있었다. R은 언제나 K가 아름답다고 생각했다. 십오 년 전 처음 K를 본 날부터 지금까지 바뀌지 않은 생각이었다.

R은 종교를 믿지 않았다. 종교란 그저 지난 시대의 비과학적인 유행이 아니던가. 그러나, 오래전 사람들이 숭배하던 미의 여신만큼은 정말로 존재하는 것일지도 모른다고 R은 생각했다.

비너스. 전쟁으로 부수어진 것에 모자라 저 깊은 바다 아래에 영원히 잠겨 버린, 그 아름다운 여신의 이름. K는 그런 여신이 인간의 가죽을 찾아 뒤집어쓰고 바다 아래에서 땅 위로 기어올라온 것 같았다. R은 K를 마주할 때마다 두꺼운 가죽에 난 여러 개의 구멍들로, 그 아래에 숨겨 둔 매력이란 이름의 꿀이 흘러넘치는 것을 보았다. 향기롭고 달콤한 그 매력이 K의 곧은 어깨와 다리를 타고 바닥을 적시는 것을, R은 한순간도 놓치지 않고 자신의 눈에 담았다. R에게 K는 인간이면서도, 동시에 인간 이상의 존재인 것처럼 보였다.

그렇기에, 아름다움이라는 말 한 마디는 K의 아름다움을 설명하기에는 부족했다. K의 아름다움을 설명하기 위해서는 더한 말들의 집합이 필요했다. 만약, R이 생명공학이 아니라 문학을 전공했더라면 지금보다 더 만족스러운 설명을 할 수 있었을까? 어쩌면 가능했을지도 모르지만, 아마 불가능했으리라. R은 조금의 망설임도 없이 장담할 수 있었다.

R의 시선이 K의 생기 있는 붉은 입술에서 깔끔한 흰 피부로 올라갔다. 그리고 곧 그 시선이 K의 매끄러운 검은색 머리카락까지 올라갔다. K의 모습은 그 옛날, 서로를 죽이고 잡아먹어 몸 위에 선명한 낙인이 찍히기 전의 모습을 담아낸 유일한 작품과도 같았다. 그리고 그런 K가 가만히 자신을 쳐다보며 가까이 얼굴을 들이밀 때면, R은 가슴에서부터 아랫배까지 뜨거운 열기가 들어차는 것을 느꼈다. 그리고 그 열기로 몸이 천천히 부풀어 오르는 것 같았다. 크고, 둥글게. 마치 지금처럼. R은 그 요상한 감각을 가라앉히기 위해, 급히 눈을 굴려 어두운 색의 관람실 벽을 쳐다보았다.

그런 R의 상태를 아는지 모르는지, K는 다물려 있던 두 입술을 느리게 열어 살짝 숨을 뱉었다. R은 자신의 얼굴에 닿는 따뜻한 K의 숨결에 긴장해 굳었다. K가 마저 말을 이었다.

"그러니까 더 신기하다는 거야. 이상하기도 하고. 노아 아르크, 그 사람 초대 원수가 되어서 종교를 금지했잖아. 그런데, 죽을 때까지 간직한 게 하필 종교 경전 구절을 읽는 음성 기록이라는 게…"

"그냥… 우연이겠지. 그건."

"우연이라. 글쎄… 모든 사람들을 평등하게 대하고, 사랑하라는 걸 그 누구보다도 강조하는 게 오늘 구시대의 유행으로 여겨지는 종교였지. 그렇지만, 생각해 봐, R. 뭔가 이상하지 않아?"

"…그럴 수도 있지, 못할 건 뭐야?"

"오, 아니야. R. 생각해 봐. 더 깊이 생각하고, 더 넓게 한 번 생각해 보라니까. 엄청난 모순이 있다는 걸, 너도 무시하지 못할 거야. 그렇지 않아?"

"글쎄… K, 미안하지만… 네가 하고 싶은 말이 뭔데? 차라리 그냥 말해. 뭐, 노아 아르크는 종교 혐오자다, 그런 소리를 하려는 건 아니지?"

"아니, 그런 게 아니야, R. 혐오라니. 노아 아르크는 아마 종교를 혐오하지는 않았을 거야. 그렇지만, 누구보다도 종교에 대해서 잘 알고 있었던 사람이었던 게 분명해. 그래서 개인이 종교를 가지는 걸 경계하려고 한 거지. R, 나는 그가 어떤 의도를 가지고 있었을 거라고 생각해. 특별히 종교 활동을 대외적으로 제한하는 이유 말이야."

"이유? 아까 그게 그거잖아, 이유. 대량 학살 같은 게 다시 일어나는 걸 방지하려고…"

"아니, 아니야. R. 나는 조금 더 중요한 이유가 있다고 생각해. 그것도… 꽤나 위험한 쪽에서 봤을 때 말이야. 생각해 봐, R. 종교는 문화였어. 사람들을 한 데 모이게 만들고, 사람들이 더 깊이 있게 생각할 수 있도록 했지. 사람들의 의식과 크게 관련이 있었다는 거야. 그러니까 문화를 제한하는 건 곧 사람들의 사고를 제한하는 것으로도 해석할 수 있고."

"…그래서? K, 너 지금 네가 무슨 말을 하고 있는지 제대로 알고 있어. 너 지금 엄청…"

"반사회적인 사람 같다고, R?"

K의 태연한 반응에 R은 더욱 당혹스러웠다. K가 제 생각

을 어떻게 그대로 읽어 낸 것인지. R은 자신이 제대로 표정 관리를 하지 못했나 싶어 저도 모르게 왼손을 들어 아래턱을 감쌌다. 그렇지만, 방금 K는 사회에 쓸데없는 불만을 품고 있는 사람으로만 보였다. 순간, 괜히 R은 조바심이 나서, 고개를 저어대며 K의 눈치를 보았다.

  전부터 K는 쓸데없이 이상한 것들에 꽂혀서는, 며칠이나 그런 것들에 관해서만 생각하고 그걸 바로 입 밖으로 뱉어 내는 버릇이 있었다. 단순히 그런 생각이 갑자기 들더라 하고 털어놓는 것뿐이었더라면 괜찮았을지도 모르지만, K가 자신이 한 모든 생각들에 대해 강한 확신을 가지고 있다는 점이 문제였다.

  그런 K의 버릇은 그의 외모만을 보고 다가왔던 이들을 쫓아내기에는 효과적이었지만, 동시에 곁에 있는 사람들을 은근히 성가시게 만드는 구석이 있었다. 솔직히, 그 누가 시도 때도 없이 자신이 하고 싶은 말만 하는 사람을 가까이하고 싶어 하겠는가. 자연스럽게 K의 인간관계는 바늘구멍처럼 좁아진 지 오래였다. 한때 작가가 되기를 꿈꾸며 문학을 공부했기 때문인지, K가 꺼내는 이야기들에는 나름대로 꽤 그럴

듯한 구석이 있었다. 언젠가 K는 R에게 누군가가 의도적으로 없앴던 책들이 존재한다고 말해 주었다. 전쟁으로 도서관들이 무너지고 불태워지는 중에도 살아남았던 책들이 갈가리 찢겨서는, 저 깊은 땅 아래에 영영 묻혀 버렸다고, K는 말했다. 그렇지 않고서야 현존하는 책 중에 역사나 철학 분야의 책은 소수지만, 기술과 과학 분야의 책들만 거의 그대로 남아 있는 것을 설명할 수 없다고, K는 덧붙였다.

K의 말에 R은 정말로 중앙도서관에 역사와 철학 분야 서가가 과학 분야 서가의 반도 안 되는 크기를 가지고 있다는 걸 처음으로 알게 되었다. 그래서 뭐? 그럴 수도 있지. R은 책이 몇 권이나 있는지 숫자를 세는 게 왜 필요한지 느끼지 못했다. R만 그런 것이 아니었다. 애초에 대부분의 사람들이 관심 가질 수 없는 주제였다. 그런 것들을 몰라도 세상은 잘 돌아갔다. 가뜩이나 구직 활동이며, 새로운 유행병이라며 더 급하고 중요한 일들이 많았다. 그렇기에, R은 별 중요한 의미도 없는 것에 하나하나 신경을 곤두세우는 K가 피곤하지 않을까 하고 걱정했다.

그렇지만, R은 K가 가지고 있는 그 버릇을 싫어하지 않았다. 굳이 말하자면, 오히려 반기는 쪽에 가까웠다. 만약 K가 다른 사람들처럼 평범하게 굴었더라면, R은 지금처럼 K의 곁에 남을 수 없었을 것이다. 아마 자신보다 더 활기찬 성격을 가졌거나, 아름다운 외모를 가진 사람이 제 자리에 있었을 것이라고 R은 생각할 수밖에 없었다. K는 그 고약한 버릇만을 뺀다면, 너무나도 완벽한 사람이니까. 그렇기에, R은 K의 곁에서 그의 유일한 이해자로 남을 수 있다면, 얼마든지 K의 편집증에 어울려 줄 수 있었다. 물론, 그렇다고 해서 R이 K의 돌발 행동을 책임져야 한다는 부담감에서 벗어난 것은 아니었다. K는 긴장하며 마른침을 한 번 삼키고 입을 열었다.

"그렇게 말하려고 했던 건 아니었어. 그러니까… 독특한 사람 같다는 거지. 굳이 사람들이 다 지나다니는 곳에서 그런 주제를 꺼낼 필요는 없었잖아."

"그렇지만, R. 다 이유가 있었어. 정말이야. 저번에 내가 소개해 줬던 F 기억하지? 그 사람이…"

"K, 설마 그 사람이 또 네게 이상한 바람을 불어 놓은 거야? 그 사람, 첫 인상부터 어딘가 이상하다 싶었는데 말이야."

"아니야, R! F와 네 첫 인상이 안 좋았던 걸 내가 부정할 수는 없겠지만, F는 정말로 괜찮은 사람이야. 정말로!"

"그래, 그렇다고 치자. 그래서? 그 F 이야기가 갑자기 왜 나오는 건데?"

"그게… 그러니까, R. 내가 F랑 안 지는 세 달 정도 밖에 안 되기는 했지만, 그 사람은 정말 나랑 생각하는 것도 비슷하고 그래서 금방 친해졌거든. F는 기자였으니까, 여러 가지 흥미로운 이야기들을 많이 알고 있었고 말이야. 너도 나랑 같이 통화하면서 들어서 잘 알잖아. 그렇지?"

"뭐…그래. 그래서 네가 기자가 되고 싶다고 언론 공부를 시작했잖아. F처럼 다양한 걸 보고 듣고 나누고 싶다면서… 그런데?"

"지난달에, F가 나한테 급한 일이 생겨서 그런데 돈을 좀 빌려줄 수 없냐고 그랬어. 당장은 갚지 못하더라도, 지금 일만 잘 해결하고 나면 돌려준다고 해서…"

"잠깐, 뭐? 지금 너 무슨 소리를… 설마, 너 그럼 돈 빌려준 거야? F, 그놈한테? 무슨 이유로 그놈이 돈을 빌린다고 했는데? 아니, 아니지. 얼마나 빌려 줬는데? 그리고 언제 갚는다고 했는데?"

"정확하게 이유를 말해 줄 수는 없지만, 급하다고 그랬어. 전화로 얘기했는데, 무언가 단단히 위험한 일에 휘말린 것 같이 다급한 목소리였어. 그래서, 내가 돈을 빌려 줬거든. 한… 한, 이백만 원 정도를. 최대한 빨리, 그러니까 어제 갚겠다고 했는데 내 집에 소포가 하나 도착한 거야. 누가 보냈는지 적혀 있지 않은 소포가. 그렇지만, 그게 F가 보내온 거란 걸 알 수 있었어. 느낌이 그랬거든. 그래서, 그걸 열어 보니까, 안에 책들이 몇 권 들어 있었는데…"

"뭐? 잠깐, 잠깐! 이백만 원? 이백만 원을 잘 모르는 사람한테 그냥 넘겨줬다고? 그리고, 돈을 갚기로 한 날에 그냥… 그냥, 책 몇 권으로 그냥 넘기려고 했다고? R! 너 지금 그놈이 너한테 사기를 친 거야!"

"아니야, R! 그렇게 말하지 마! F가 보내준 책들이 뭐였는지 일단 들어보고 말해. 평범한 책들이었지만, 흔적이 남아 있었어. 나는 알아볼 수 있었어. F랑 나는 언제나 비슷하게 생각했으니까. 그 흔적들을 다 뜯어 보니 무슨 내용이 거기 적혀 있었는 줄 알아? 노아 아르크, 그 사람이 얼마나 끔찍한 일을 벌였는지가…."

"K! 지금 그게 중요한 게 아니잖아!"

R의 목소리가 커졌다. R을 마주하고 있던 K가 그 아름다운 얼굴을 굳히며 입을 다물었다. R은 화가 났다. F가 아름다운 K가 음모론에 심취하게 하고서 도망친 것에도 화가 났지만, K가 오랫동안 함께했던 자신의 말이 아니라 고작 안 지 세 달밖에 안 된 F의 말을 더 중요하게 여긴다는 것이 더 마음에 들지 않았다. R은 그 F라는 사람이 얼마나 지능적으로 K의 돈을 빼앗으려 접근한 것인지에 대해서 말을 이으려다 멈추었다. R의 눈에 다른 눈이 보였다. 아니, 눈들이 보였다.

뒤편에 서 있던 한 남녀가 자신이 이상한 사람이라도 된 것처럼 바라보고 있었다. 다급히 옆으로 시선을 돌리자, 관람실 안쪽 천장 모서리에도 붉은 불빛이 주기적으로 깜빡이는 것이 눈에 들어왔다. 건너편 벽에 서 있던 중년 남성도 불쾌한 얼굴로 자신을 쳐다보고 있었다. 막 관람실로 들어오던 학생 서너 명이 호기심 어린 시선으로 자신의 얼굴을 보는 게 느껴졌다. R은 K를 속여 돈을 뜯어냈다던 F의 행동을 들고 생겨나던 분노가 순식간에 불안감으로 덮여 씌워지는 것을 느꼈다.

R은 태생적으로 남들의 시선을 견뎌내는 것이 어려웠다. K가 아닌 다른 사람들의 시선. 온몸을 기어오르는 벌레 떼 같은 시선. 그 시선들을 받을 때마다 R은 몸서리쳤다. R은 그럴 때마다, 도망치고 싶었다. 도망치면 안 된다는 것을 알지만, R은 불안했다. 또 불편했다. 아니, 아니었다. 그보다 더 어둡고, 더 무거운 감정이라는 것을 R은 알았다. 그건 두려움이었다. R은 제 온몸을 마비시키는 지독한 두려움을 느꼈다. 아무리 연습을 해도 소용이 없었다. R은 언제나 자신을 집어삼키는 두려움에 지곤 했다. 그래서 R은 마치 줄에 묶여 자란 코끼리처럼, R은 애초에 그 시선들을 온전히 견뎌 낼 용기를 내지 않게 되었다. 대신, R은 도망가기로 했다. 그 끔찍한 시선들로부터. 빠르고 멀리 도망치는 것. 그건, 정말로 R에게 도움이 되었다. 그러니, R이 지독한 회피형의 인간이 된 것은 어쩌면 당연한 것일지도 몰랐다.잠깐, 그래서, K가 지금 뭐라고 말하고 있었지? R은 그게 무슨 내용인지 제대로 알 수가 없었다. K는 조금 화가 난 것 같이 굳은 얼굴을

하고 있었다. K가 흥분한 듯 빠르게 움직여대는 입을 보고, R은 단어 몇 개를 읽어 냈다.

"아니, 중요한, 몰라, F, 모른다고, 끔찍한, 사실을, 모르잖아."

몰라.

너는 몰라.

그래, 모른다. R은 정말로 몰랐다. 원래도 R은 K의 깊이 있는 생각에 대해 제대로 이해할 수가 없었다. 그래서 그런지, 너는 아무것도 모른다고 말하는 K의 입모양이 유독 선명하게 보였다. 마치 R의 각막에 깊게 새겨진 것처럼. R은 주먹을 꽉 쥐었다.

그리고, 바로 지금. 모두가 자신을 보고 있었다. R은 자신의 등을 따라 식은땀이 흐르는 것을 느꼈다. 방금까지 멀쩡하게 있던 손이 떨리는 것을 느꼈다. R은 다급히 K의 손목을 붙잡았다. 이곳에서 도망가야 한다는 경고음이 R의 머릿속에 울려대는 탓에 자신도 모르게 한 행동이었다. 그렇지만, K의 손목을 잡으니 그나마 조금 안심이 되었다. 조금이나마 가시는 두려움에 R은 숨을 길게 뱉어 냈다. 남은 두려움도, R

은 완전히 없애고 싶었다. 곧 R이 K의 오른쪽 손목을 왼손으로 힘주어 잡고서, 관람실 출구 쪽으로 걸음을 옮겼다.

너무 빠르지도, 너무 느리지도 않은 속도였다. 탁 트인 박물관 로비로 나가기만 해도 마음이 편해질 것 같았다. 이 좁고 어두운 관람실의 사람들로부터. 이 지독한 시선들로부터. 벗어나기만 하면, 다 해결될 것이다. 그렇게 스스로를 달래던, R이 바로 옆에서 당혹스러워하며 걸음을 따라 옮기던 K에게 속삭였다.

"…나가자. 나가서, 마저 이야기하자. 구경, 다 했잖아. 그러니까, 나가서…"

"뭐? 갑자기 왜 그래, R. 너는 정말…"

K는 억지로 자신을 끌어당기는 R의 얼굴을 한번 쳐다보았다가, 말을 멈추고 입을 다물었다. K가 두려움에 굳은 자신을 얼굴을 가만히 보고 있다는 것을 알아차리지도 못한 채로, R은 멈추지 않고 계속 발을 움직였다. 지금 R은 K를 신경쓰기에는 자신의 안에서 꿈틀거리는 긴장과 불안에 정신이 팔려 있었다.

그러다 문득 R은 자신의 행동이 오히려 사람들의 시선을 더 끌고 있는 것일지도 모르겠다는 생각을 했다. 자신이 억지로 잡아끌었던 탓에 K가 손목을 다쳤을지도 모른다는 생각이 들었을 때, R은 K의 손목을 잡고 있던 손에 힘을 풀었다. 지금 자신이 마치 어디 정신 한구석이 이상한 사람처럼 보일지도 모른다는 것을 걱정하면서도, 여전히 자신을 지켜보는 시선이 있을 것이라는 불안에 R은 눈을 질끈 감았다. 이상한 감각이 R의 머릿속에서 식도를 타고, 가슴으로, 가장 안쪽에 있는 심장으로 천천히 기어 내려가는 것 같았다.

R은 자신의 심장이 뛰는 속도가 배는 더 빨라진 것을 알아차렸다. 주먹만한 붉은색의 장기가 만들어 내는 빠른 울림이 혈관들을 타고 전신에 퍼지는 느낌에, R은 어지러웠다. 이래서는 안 되는 법이었다. 어설프게 감정을 내보여 모든 것을 망칠까 싶어, R은 아랫입술을 세게 짓씹었다. 아릿한 고통에 조금이나마 어지럽던 머리가 조용해지는 듯했다. 정신이 순간 맑아지는 느낌이 R의 마음에 들었다.

다시 한 번 상처 위를 씹으려 들 때, R은 입술을 부드럽게 잡는 무언가를 느꼈다. K의 오른쪽 엄지손가락과 오른쪽 검지손가락이었다. K는 걱정스러운 얼굴로 R의 얼굴을 자신쪽으로 잡아 돌렸다. 그리고 방금 막 씹어 상처가 난 R의 입술 위를 엄지로 부드럽게 문질렀다. K의 손가락은 따뜻했다. K가 즐겨 뿌리던 향수 냄새가 코를 자극했다. 시트러스 향. 그 산뜻하고 시원한 향이 혼란스럽던 마음을 진정시켜 주었다. 곧 K가 걱정하는 얼굴을 하고 R에게 물어보았다.

"…R. 괜찮아? 나 봐. 여기 봐. 또 머리 아파? 말로 하라니까. 이러면 흉 지잖아."

"아니, 나는… 나는, 괜찮아. 그냥…"

"괜찮지 않은 거 알아. 미안해, 나도 흥분했어. 네가 내 걱정을 해주는 건데… 과하게 반응한 것 같아. 밥, 먹으러 갈까? 점심 때 놓쳤잖아, 우리. 밥 먹고 집에 가자."

"너, 여기 엄청 오고 싶어 했잖아. 방금은 내가 멋대로 나오자고 한 거니까, 잠깐 쉬었다가 다시 관람실로 돌아가서 마저 구경을…."

"아니, 괜찮아, R. 다음에 또 오면 되니까. 나한테는, 네가 더 중요해. 넌, 내 소중한 친구잖아. 그러니까… 이해해 줘. 네가 날 걱정했던 것처럼, 나도 네가 걱정되는 거니까."

K가 R의 입술에서 손을 떼어 내고는 부드럽게 말했다. R

은 입술을 달싹이다 고개를 끄덕였다. 그제서야 K의 눈이 만족스러운 듯 곱게 접혔다. R은 주먹을 꽉 쥐었다. 손톱이 살짝 손바닥을 파고드는 것에, 그 찌릿한 통증에 정신을 다 잡을 수 있었다. K의 가장 친한 친구로서 편애를 받을 때마다, R은 황홀함과 고양감을 느꼈다. K의 관심을 독점하는 이 순간을 R이 얼마나 달콤하게 느끼는지, K는 절대로 알아차리지 못할 것이다. 아니, 그래야만 했다. 우정과 애정 사이에서 R이 늘 위태롭게 서 있다는 것을 K는 알아서는 안 됐다. 지독하게 굶주려 흉하게 문드러진 R을, K는 몰라야만 했다. R은 순간 부끄러움을 느꼈다.

"그래, 그렇지. 이해해. 친구니까."

R은 아무렇지 않은 듯 웃었다. 그리고 태연한 얼굴을 하고서, R은 K와 두 눈을 맞추며 말했다.

"난 괜찮으니까, 가자. 식당."

제82구역 중앙박물관 지하에는 커다란 식당이 딸려 있었다. 한 번에 이백 명은 수용할 수 있다던 식당은 점심시간이 지난 탓인지, 장사를 하지 않는 망한 식당처럼 휑하게 보였다. 음식을 주문하기 위해 푸른색의 키오스크 앞에 선 R이 메뉴들을 빠르게 훑었다. 미트볼 스파게티, 미트 파이, 함박 스테이크, 소고기 필라프, 비프 샐러드… 죽 인기 메뉴들을 살피던 R은 햄 샌드위치가 적힌 화면 부분을 손끝으로 누르며 K를 돌아보았다.

"K, 너는 뭐 먹을지 정했어?"

"나? 너는… 뭐 먹을 건데?"

"나는 햄 샌드위치. 뭐 먹을지 모르겠어서 그냥 가장 인기 있는 걸로 먹으려고."

"…아, 그래. 그럼, 나도 샌드위치로 할래. 오늘은 내가 쏠게. 먼저 가서 자리 잡아 두고 있어."

"뭐? 그렇지만, 그럴 필요는…."

"아냐, 내가 고마워서 그래. 가서 앉아 있어. 내가 음식 받아서 갈게."

K가 특유의 밝은 미소를 지으며 R에게 답했다. R은 머뭇거리며 어색하게 서 있다가, K가 재미없는 자신과 어울려 준 것에 대한 고마움의 표현이니 그냥 받아 달라고 하는 말을 거절하지 못했다. 결국 R은 적당한 테이블을 잡고 앉아 K를

기다렸다. 곧 K가 매끈거리는 종이로 포장된 샌드위치를 두 개 가지고 와서 R과 마주보며 앉았다. 포장지에는 82라는 숫자와 두툼한 고기 패티가 끼워진 햄버거 그림이 새겨져 있었다. K가 R에게 샌드위치 하나를 건네주며 말했다.

"여기, R. 받아. 네 거야."

"응, 고마워."

R은 가볍게 고개를 까딱이곤 포장지의 윗부분을 잡아 뜯었다. 말랑한 빵과 삐죽 튀어나온 초록색 야채 조각이 눈에 들어왔다. R은 샌드위치를 한 입 베어 물었다. 따뜻한 빵과 아삭거리는 오이가 느껴졌다. 단단한 토마토 조각과, 채 썬 양배추와 말린 건포도 맛이 났다. 그렇지만, 햄은? 당연히 날 것이라고 생각했던 햄 맛이 나지 않아 의아해진 R이 한 번 더 샌드위치를 한 입 먹었다. 맛은 변함 없었다. 여전히, 햄은 느껴지지 않았다. 자신의 미각이 언제 망가졌나 싶어, R은 눈을 조용히 굴려 앞에 있던 K를 바라보았다. 조용히 샌드위치를 씹던 K는, R이 자신을 보자마자 기다렸다는 듯 입 안에서 씹고 있던 것을 삼키고서 말했다.

"아까, 햄이 다 떨어졌다고 그러더라."

"뭐? 어쩐지. 햄 맛이 안 느껴지더라. 이럴 줄 알았으면, 다른 걸 시킬 걸 그랬다."

"…그래도 괜찮지 않아? 빵에다가 야채에다가. 있을 건 다 있잖아."

"햄 샌드위치인데 햄이 없는데? 그건 아니지."

R은 마저 남은 샌드위치 빵과 야채들을 씹어 삼켰다. 무언가 아쉬운 느낌이 사라지지 않았다. 손에 묻은 샌드위치 소스를 휴지로 닦던 R의 눈에, K가 샌드위치의 반도 먹지 않고 가만히 테이블 위에 내려놓은 모습이 눈에 들어왔다.

"K? 너 다 먹은 거야, 그거?"

"아, 이거? 응, 배가 덜 고파서. 있잖아, R. 아까, 그러니까, F에 대한 이야기 말이야…."

"…K. F, 그 사람은 순진한 너를 꾀어 낸 사기꾼에 불과하다고. 그럴듯한 이야기로 너를 홀리고 돈을 받아 간. 그건 부정할 수 없는 사실이야. 연락도 끊겼지? 그 책 몇 권이 마지막 연락이었을 거 아니야."

"그건 맞지만… R, 들어봐. F는 쫓기고 있었어."

"쫓겨? 하, K. 치안대에게 쫓기는 범죄자가 아니라면, 살면서 쫓길 만한 사람이 누가 있겠어? K, 너는 계속 F가 범죄자가 아니라고 강하게 믿고서 이야기를 하고 있는데 애초에 전제가 잘못…."

"R, 너는 그런 생각 해본 적 없어? 식량난에 대해서 말이야."

순간 K가 R의 말을 끊었다. F를 떠올려 일그러져 있던 R의 얼굴이 순간 풀어졌다. 갑자기 뜬금없는 이야기를 K가 꺼냈기에, R은 눈을 몇 번 가만히 깜빡이며 K의 담담한 얼굴을 바라보았다. 식량난? 당장 아까 관람실에서 지나가듯 들었고, 어렸을 때도 배웠던 그것. 하늘 아래의 모든 이가 동등하게 굶주렸던 그 시절에 대한 이야기를 왜 K가 꺼내는지, R은 짐작 가는 것이 없었다.

"…식량난 이야기가 갑자기 왜 나오는데, 여기에서?"

"중요하거든. 여기에서. R… 우리 학교 다닐 때 배웠던 거, 기억해? 식량난으로 수많은 나라들이 망했다고 말이야. 바다는 차오르고, 태양빛은 거세지니 그 사이에서 숨 쉬는 수많은 것들이 모조리 죽을 수밖에 없었다고, 배웠잖아."

R은 입을 다물고 있을 뿐이었다. 갑자기 왜 역사 이야기를 하느냐 하고 충분히 따질 수도 있었다. 그렇지만, 미소를 지

은 채 차분하게 말하는 K의 얼굴에 서린 진지한 기색을 알아차린 이상, R은 차마 그런 말을 하지 못하고 가만히 K의 말을 들을 뿐이었다. R은 K의 말에 대답하는 대신 고개를 끄덕였다. 단순히 K의 말에 공감한다는 것의 표현일 뿐만 아니라, 이어질 K의 말에 쓸데없이 개입을 하지 않겠다는 약속을 하는 것이었다. K가 다시 입을 열었다.

"노아 아르크, 인류연맹연합의 초대 원수는 그런 식량난을 극복하기 위해서 새로운 식량 보급법을 개발했다고도 배웠고. 대규모 생물 종 '개량 프로젝트'라고 불리는 것 말이야. 그걸로, 수많은 식물들이 더 강하고, 더 빨리 자랄 수 있게 개량되었지. 덕분에 대부분의 식용 가능한 식물들이 멸종되지 않고 살아남았고. 그러니까, 당장 이것도, 노아 아르크 박사가 만들어 낸 대단한 기술의 성과라고 불린다는 거야."

K가 자신의 반쯤 남은 샌드위치 위를 검지손가락으로 톡톡 두드렸다. R은 이상할 정도로 그 소리가 신경 쓰였다. K의 하얗고 곧은 손가락이 만들어 내는 그 짧게 이어지는 가벼운 타음들의 조합이 묘하게 불편했다. 그 기묘한 느낌에, R은 무심코 말을 뱉었다.

"그래, 그런데 그게 왜?"

"응… R. 너라면, 그렇게 말할 줄 알았어. 뭐가 문제일지 모르겠다는 얼굴을 하고 있었으니까."

"……."

"R, 우리가 상추나 토마토만 먹고 사는 초식동물이 아니란 거 알지? 우리는 고기도 먹고 살잖아. 아니, 아까 식당에 있는 메뉴 보면서 무슨 생각 안 들었어? 우리는 고기에 미쳐 있어. 그 맛과, 그 식감에 온갖 곳에 고기를 버무려 먹게 됐다는 거야. 그런데 있잖아, R. 생각해 봐. 너는 나보다 셈이 빠르잖아. 응, 자… 식량난이 오기 전, 수많은 가축들의 반은 전쟁 중의 폭격으로 죽었고, 남은 가축들의 반은 물에 잠겨 죽었어. 그리고, 거기에서도 살아남은 가축들의 반은 더위로 죽었고, 그 나머지의 대부분은 개량 실험 도중 폐기됐다지. 무려, 구 할이야. 오직 일 할의 가축만이 살아남았다는 거지. 자, R. 그럼, 지금 우리가 미친듯이 먹어대는 고기는 누구의 고기일까?"

K의 목소리는 가벼웠지만, 그 내용만큼은 그러지 못했다. R은 자신이 느끼던 감정의 원인을 알아냈다. 그 감정은 K가

무언가 큰 사고를 칠지도 모른다는 생각에서 기인한 것이었다. 지금 K가 별 생각 없이 내뱉는 말들은 꽤나 위험한 사상으로 여겨질 수 있었다. 현실성도 부족한 이런 이야기들을 잘도 생각해 내는구나 하며, R은 숨을 한 번 길게 내쉬었다. 마음을 조금 가라앉힐 필요가 있었다.

R은 생각했다. 누구의 고기라니. 그 모든 일을 겪고 나서도 살아남은 동물의 고기일 테지. 그러면서도, R은 여전히 K의 얼굴을 바라보았다. 아직, 중요한 말은 뱉지도 않았다는 것처럼, K의 색 다른 두 눈은 의연하게 어딘가를 보고 있었다. 그것은 R의 얼굴과 아무것도 없는 저 식당 뒤편 벽 사이의 어느 부분이었다. 그런 K가 순간 자신의 손에 잡히지 못할 정도로 멀어질 것만 같은 느낌이 들어 R이 말했다.

"…그냥 동물 고기겠지. 소나, 돼지나, 닭이나… 그런 가축의."

"아니야, R. 그런 단순한 동물의 것이 아니야."

K의 목소리에는 힘이 있었다. 그리고 확신도 있었다. 그래서, R은 두려워졌다. K가 무슨 엄청난 말을 하는 것인지, 자신의 말이 불러올 파장에 대해 제대로 알고 있기는 한 것인지 의

문이 들었다. 무엇보다도 R은 K가 자신이 감당할 수 있는 그 이상의 것에 대해 알아 버린 것 같은 느낌을 받았다. R이 K의 말을 막으려는 듯, 손을 뻗어 K의 손목을 다시 잡았다. 무언가 불안했다. 돌이킬 수 없는 일이 일어날 것 같았다.

"R, 우리는 분명히 배웠어. 소가 어떻게 생겼고, 돼지가 어떻게 생겼고, 닭이 어떻게 생겼는지. 그리고 그것들이 어떻게 성장하는지. R, 가축을 직접 눈으로 본 적이 있어?"

"…뭐?"

"가축 말이야, 가축. 고기가 되는, 가축. 그건… 우리가 학교에서 배운 것과는 다른 거라고 그랬어. R, F가 나한테 책을 보내줬다고 했잖아? 여러 책들 사이에 이동식 디스크가 있었어. F가 기자잖아. F가 직접 찍은 영상 같은 게 그 안에 들어 있었어. 열어 보진 못했지만 말이야. 암호가 걸려 있었거든. 네가 나보다는 그런 쪽을 좀 더 잘 알고 있을 것 같아서, 부탁하려고 했는데… 혹시, 내일 시간 괜찮아?"

"내일? 아… 오후 두 시 이후에 괜찮아. 그… 내가, 갈게. 내일. 네 집에."

R이 대답했다. K의 입에서 흘러나온 말들을 R이 완전히

낙토의 기아들　87

믿는 것이 아니었다. 모든 말들이 당혹스럽기 그지없었다. 그렇지만, K가 자신을 필요로 한다는 것에서 느낀 책임감과, 참을 수 없는 호기심이 R이 행동하도록 만들었다. 더욱이, 이상한 불안감이 R이 K에게 향하도록 만들었다. 그래, 불안감. 계속해서 느껴지는 불안감에 R은 K의 손목을 조금 힘주어 잡으며 말했다.

"…그러니까, 내일. 집에 있어 K, 내가 갈게."

"그래, R. 고마워. 기다릴게."

그 말을 하던 K의 표정이 어땠었더라. R은 반 년 전 일을 떠올리고 있었다. K가 웃고 있었는지, 아니면 울고 있었는지 기억나지 않았다. 사실 그 대화를 끝마치고 나서 어떤 말들을 나누었는지, 또 어떻게 각자의 집으로 돌아갔는지는 흐릿했다. 오로지, 그 다음날 R이 K의 집에 찾아갔을 때, 어질러진 집 안에 아무도 없었던 것만이 선명하게 R의 머릿속에 박혀 있었다. K는 잠깐 나간 것뿐이라며 텅 빈 집안 소파에 앉아 오지 않는 K를 기다렸던 것이 떠올랐다.

K의 체향이 희미하게 흐려져 가는 소파 위에 누워서, R은

꼬박 하루 동안 가만히 하얀 K의 집 천장을 올려다봤었다. K는 밤이 늦도록 돌아오지 않았다. R은 그 다음 날 아침이 되자마자 경찰에 K의 실종 신고를 했었다. 그리고, 아무런 소식도 없이 벌써 반 년이 막 지나가고 있었다.

　반 년 동안 K를 변함없이 기다리고 있는 것은 R뿐이었다. 모두가 K가 진작 불의의 사고로 목숨을 잃어서 돌아오지 못하는 것이라는 잠정적인 결론을 내렸을 때조차도, R은 아직 K가 살아 있다고 믿고 있었다. 그래서, R은 K의 집안에 있는 것들을 아무것도 건들지 않고 K가 돌아오기를 기다리고 있었다.

　R은 당장이라도 K가 굳게 닫힌 현관문을 열고 들어왔다가, 거실 소파에 누워 있는 자신을 보고 반갑게 웃어 주는 상상을 했다. 그렇다면, R은 K를 환영하듯 장난스럽게 두 팔을 벌리고 그를 맞이할 것이었다. 그리고 오랫동안 보지 못한 만큼 쌓인 서운함을 단숨에 풀어 낼 정도로 제게 다가온 K를 마주 안고 무슨 일이 있었냐고 속삭여 줄 것이었다. R은 순간 피로해졌다. K의 실종 이후로 생긴 불면증 때문에, 때때로 이렇게 피로할 때가 있었다. R은 눈가를 손으로 꾹

눌렀다가 소파에 누운 자세를 뒤척여 고쳤다. 오늘따라 더욱 피로했다. R이 느리게 두 검은 눈을 감았다.

R은 꿈을 꿨다. 오랜만에 꾸는 꿈이었다. 꿈속에서 R은 어느 공장에 있었다. 아니, 공장이 아니라 공장 같이 거대한 실험실 안에 있는 꿈이었다. R은 그곳의 이름 모를 연구원이었다. 꿈속에서 R은 일 년 더 일찍 실험실에 들어왔다던 선배 연구원이 제게 말을 거는 것을 들었다.

"기존 샘플은 폐기했고, 오늘 새로운 샘플로 교체했어. 아, 너는 샘플 자체를 그냥 처음 보나?"

꿈속에서 R은 고개를 세차게 끄덕였다. 그런 모습을 본 연구원이 기특하다는 표정을 짓고 R을 이끌며 걸음을 옮겼다. 곧 선배 연구원은 직사각형의 유리상자 앞으로 R을 데려갔다. 사람 키의 세 배쯤 되는 커다란 유리상자 안을 가득 채우고 있는 것은 붉은색의 덩어리였다. 그 붉은 덩어리가 살아 있다는 것을 R은 알 수 있었다. 혼자서는 손 한 뼘 정도의 거리도 움직이지 못하는 그것은 연구원이 가볍게 유리상자 벽을 두드릴 때마다, 꿈틀거리며 반응했다. 보기에 꽤나 비위가 상하는 광경이었음에도, 연구원은 익숙한 듯 태연한 낯을 하고 이야기했다.

"자, 이게 이번에 새로 들여온 샘플. 건강한 샘플이라, 색도 진하고 반응 정도도 높지? 오, 샘플 처음 보는 것치곤 멀쩡한데? 비위 세네. 원래 신입들은 샘플 보고 온갖 난리를 치거든. 그런데 넌 생각보다 괜찮아 하는 것 같으니까, 그래… 오늘 채취 작업도 한 번 해보자."

꿈속의 R이 고개를 갸웃거리자, 검푸른 반점이 왼쪽 눈가에 피어난 연구원이 다시 말했다.

"채취 작업 말이야. 배우고 들어오지 않았어? 샘플이 생산량 개량에 적합한지 확인하기 위해서 샘플 일부를 잘라내는 거. 뭐, 설명해 줬으니까, 할 수 있지? 자, 여기. 저기 열어서 새끼손가락 한 마디… 아니다, 그냥 새끼손가락만큼 샘플 잘라 와."

꿈속에서 R은 건네받은 실험용 메스를 들고 작은 유리 보조문 앞으로 걸어갔다. 덜컹 하고 보조문을 열고, R은 안쪽에서 물컹한 샘플을 한 손 가득 쥐었다. 쿵쿵 거리는 샘플의 혈관이 느껴졌다. 소름이 돋았지만, R은 손을 멈추지 않았다. 아니, 멈추지 못했다. R은 그대로 실험용 메스로 샘플을 부드럽게 잘라냈다. 고통스러운 듯 샘플이 꿈틀거리는 정도가 심해졌지만, R이 샘플을 잘라내는 것을 막는 데는 아무런 도움이 되지 않았다.

샘플을 잘라내며 생긴 공백에서는 붉은색의 진득한 액체가 느릿하게 솟아오르고 있었다. 그 붉은 액체에서는 R이 어디선가 맡아 본 것 같은 향이 났다. 그런 생각에 잠깐 손을 멈추었다가도, 꿈속의 R은 곧 채취한 샘플을 무심하게 보조문 옆 유리 비커에 쑤셔 넣었다. 보조문을 잠그고 옆에 바로 붙어 있던 실험실 개수대에서 붉게 젖은 손을 헹구고 있으니, 연구원이 걸어와 다시 말을 걸었다.

"야, 너 손이 왜 이렇게 크냐? 무슨 새끼손가락이 아니라 자기 주먹만큼 잘라 왔어. 뭐, 나쁠 건 없지만 좀 소중히 다뤄라. 샘플한테 스트레스 주면 빨리 맛 간다고. 폐기 자주 한다고 연구소장님께 한 소리 듣는다."

R이 이해했다는 듯 공손하게 두 손을 앞으로 모으며 고개를 끄덕이자, 연구원이 만족스러운 듯한 웃음을 터뜨렸다.

"이거, 진짜 웃긴 놈이네. 마음에 든다, 야. 기분이다. 이리 와 봐. 내가 비밀 하나 알려 줄게."

R은 천천히 연구원에게 가까이 다가갔다. 연구원이 팔을 뻗어 R의 어깨에 둘러 감고 얼굴을 귓가에 가까이 가져왔다. 가까이에서 보니 연구원의 왼쪽 눈가는 생각보다 더 엉망이었다. 검푸른 반점들이 뭉쳐 있는 것은 마치 무슨 형상처럼 보였다.

"왜 우리가 저런 샘플들로 온갖 제품들을 만드는 줄 아냐?"

연구원이 무의식적으로 미간을 찌푸릴 때마다 꿈틀거리는 그 왼쪽 눈가의 반점들은.

"그 왜, 전에 '살육의 시대'라고 있었잖냐. 그때 사실 가축들이 다 죽었거든? 그냥 다 죽었어. 사체들도 다 썩거나 오염 됐거나 해서 건질 게 없었다고 하더라고. 그런데, 배고프다고 아무거나 주워 먹었던 놈들 중에 몇 명이 알아차린 거야."

벌레. 그래, 검푸른 색의 벌레를 닮았다.

"가죽만 다르지, 그 안에 들어 있는 건 동물이나 사람이나 비슷하다는 걸."

징그럽고, 흉한 그것을 닮았다.

"그래서, 풀 씹어 먹는 것에 이골이 난 허기진 인간들이 새로운 방안을 찾은 거야. 식인이 아니라, 인간을 닮은 세포 덩어리를 먹는 것뿐이다 하고 자기 위로를 하면서. 저거 샘플도 그러니까, 어떤 멀쩡한 사람 안쪽을 복제한 거지. 살덩이와 혈관과 근육들만. 말로는, 당사자도 저렇게 복제하는 걸 허락했다는데. 지랄, 말이 되는 소리를 해야지.”

곧 R의 어깨를 놓아 준 연구원이 비커를 들고 따라오라는 듯 걸음을 옮겼다. 새빨간 살덩어리가 담긴 비커 바닥에 붉은 액체가 천천히 고이고 있었다. 연구원이 비커를 가볍게 들어 보면서 말했다.

“살육의 시대는 완전히 끝났으니, 평등과 박애를 소리 높여 부르자? 하, 다 개소리지. 나는 그런 소리를 해대는 놈들이 자기가 씹어대는 게 뭔지 알고 나서도 그렇게 말할 수 있는지 궁금하다니까.”

유리 비커 안에 붉은 액체가 점점 고였다. 붉은 액체는 비커를 잡고 있는 연구원의 손을 적시고, 넘치다 못해 실험실 바닥에도 고이기 시작했다. 무엇이 그리도 재밌는지, 붉은 액체 위를 찰박거리며 실험실 저편으로 걸어가는 연구원이 즐거워하며 외쳤다.

“드디어 우리가 배고픔과 궁핍에 처할 줄 알게 되었다지! 속이 망가지는 것도 모르고, 다들 배고프다고 처먹어대면서!"

　천천히 붉은 액체가 R의 발목에서 배꼽으로, 그리고 어깨에서 머리끝까지 차올라 깔끔하던 연구실 안을 가득 채웠다. 어딘가 기분이 역겨워졌다. 숨이 막혔다. 머리가 어지러웠다. 왜? R은 스스로에게 물었다. 그렇지만 답을 구할 수 없었다. 문득 R은 그 붉은 액체로 가득 찬 실험실 저 끝에서 무엇인가가 자신을 향해 헤엄쳐 오는 것을 보았다.

　하얗고 마른 몸에, 검은 머리카락, 그리고 갈색 눈과 회색 눈. 그건 K였다. 변함없이 아름다운 얼굴의 K였다. R은 무의식적으로 팔을 활짝 벌렸다. 왼쪽 가슴 안쪽에서 무언가가 기어 나오고 싶다는 듯 R의 피부 아래에서 꿈틀거렸다. R에게 가까이 다가온 K가 R의 목에 부드럽게 팔을 둘렀다. 그리고 K는 부드럽게 R의 목에 입술을 댔다. 아니, 입술이 아니었다. R은 여린 입술이 아니라, 단단한 이빨의 감촉을 느꼈다. 순간 통증이 느껴졌다. 하지만, R은 오히려 그 날카로운 통증으로부터 기묘한 만족감을 느꼈다. R의 눈이 굴러 K의 하얀 목을 보았다. R은 욕망을 느꼈다.

　붉은 액체 속에서도 선명하게 눈에 들어오는 하얀 목에 입술을 부었다가, 날카로운 송곳니를 박아 넣어 얇은 껍질을 찢어 그 안에 든 K로. R은 배를 채우고 싶었다. 서로 타액과 타액을 교환하는 움직임이 입맞춤이라면. 살을 맞대어 온기를 전하는 두 육체의 만남이 입맞춤이라면. 지금 자신이 느끼는 이 욕망을 입맞춤이라 부르지 못할 이유가 어디에 있을까. R은 생각했다.

K가 며칠은 굶주린 짐승처럼 더 진하게 자신의 목에 입 맞추는 것이 느껴졌다. K의 이빨이 두근거리는 제 동맥 옆 가까이까지 다가온 게 느껴졌다. R은 순간 턱을 지탱하던 근육에 힘이 빠지는 것을 느꼈다. 턱을 붙잡고 있던 근육에 힘이 빠져 R이 입을 벌렸다. R의 입안으로 붉은 액체가 쏟아져 들어왔다. 위장뿐만 아니라, 폐까지 붉은 액체로 가득 차는 느낌에 R은 숨이 막혀 왔다. 그 와중에도 무언가 걸리는 것이 있었다. 이 향은. 제 안에 들어찬 이 향은⋯ R은 그제서야 알아차렸다. 이건 시트러스 향이다. 그리고 순간⋯ R이 눈을 떴다.

R은 숨을 골랐다. 이건 악몽이다. 빌어먹을 악몽. R은 자신의 위장이 뒤집히는 것 같은 메스꺼움을 느꼈다. 그러나 R이

견딜 수 없는 것은… 어쩌면, 그것이 단순한 꿈에 불과한 것이 아닐 지도 모르겠다는 생각이었다. R은 소파에서 몸을 힘겹게 일으키다, 누워 있던 소파 틈에 끼워져 있던 하얀 종이 한 장을 발견했다. R이 구겨진 채 처박혀 있던 그 종이를 꺼내어 조용히 들여다보았다. 그것은 영수증이었다. 육 개월 전의.

"햄 샌드위치 두 개"
"고기는 넣지 마세요."

하얀 물고기는
소파에 앉지 않는다

*

"엄마, 나 어제 언니 봤다."

 윤영은 광택 없는, 짙은 초록색 케이스를 끼워 둔 핸드폰을 받아 든 자신의 손이 약하게 떨리는 것을 느꼈다. 제 둘째 딸, 은진에게서 걸려 온 전화였다. 예전부터 자주 하던, 시답잖은 농담을 곁들인 안부 인사였더라면 좋았을 것이다. 그랬다면, 윤영은 방금 그 농담이 얼마나 재미없었는지, 아니면 생각보다 웃겨서 피식 하고 웃을 수는 있었는지를 솔직히 말해 주었을 것이다. 그러고 나서, 은진이 자신의 고등학교 친구들끼리 돈을 모아서 놀러간 강릉에서는 어떻게 잘 놀았는지, 지금은 전에 예매했다던 버스를 타고 집으로 다시 돌아오는 중인 것이냐는 안부에 대하여 물어볼 생각이었다. 그렇지만, 언니라니. 은영에 대한 이야기를 이렇게나 갑자기 다시 들을 줄은 상상도 하지 못해서, 윤영은 입을 달싹이면서도 무슨 말을 입 밖으로 내뱉어야 하는지 알 수 없었다.

방금까지 허리가 둥글게 말리도록 거실 소파에 반쯤 누운 듯이 기대어 앉아 있던 윤영은 자세를 고쳐 곧게 앉았다. 짧은 검은색 반바지를 입어 드러난 윤영의 허연 다리 살에 가죽이 끈적하게 달라붙었다. 낡은 소파 가죽은 창밖에서 들어오는 무더운 여름날의 열기를 가득 머금은 듯 따뜻했다. 겨울이면 몰라도, 지금은 여름이었다. 가만히 선풍기 앞에 앉아 있기만 해도 천천히 녹아내릴 것 같이 더운 여름. 게다가 오늘은 습도도 특히나 높은 날이었다. 땅 위에서 숨 쉬는 것이 아니라, 무슨 물속에서 숨 쉬는 것 같이 답답한 느낌이 들었다.

땀도 제대로 마르지 않아, 몸을 들썩일 때마다 자꾸만 자신을 붙잡는 소파 가죽이 오늘따라 불쾌했다. 이래서, 가죽 소파가 싫다니까. 매년마다 무더워지는 여름에도 거실의 흰색 벽 한쪽에서 자리를 계속해서 지켜 온 가죽 소파도, 이제 버릴 때가 되지 않았던가 하고 윤영은 생각했다. 갈색 가죽 소파의 팔걸이 부분에 자리한 긴 흠들이 오늘따라 눈에 들어왔다. 생각해 보면, 이 소파도 참 오래되었다. 윤영이 스물여섯에 동갑인 남편과 결혼하면서 샀던 이 소파는 어느새 그때의 자신처럼 스물여섯의 나이를 먹었다. 큰맘 먹고 거의 백만 원이라는 거금을 내어 샀던 소파는 어느새 자신처럼 늙어서 매끄럽고 윤기가 흐르던 겉가죽도 갈라지고, 꽃과 풀 문양이 음각으로 겉에 새겨져 있는 나무 다리 부분에도 찍힌 상처들이 여러 개 나 있었다.

 윤영은 이 소파를 샀던 날을 떠올렸다. 스물여섯의 윤영은 지금의 윤영보다 훨씬 예쁘고 날씬한 아가씨였고, 지금의 지택보다 훨씬 젊고 기운찬 남자의 손을 잡고 있었다. 그날은 양떼 같은 구름들이 파란 하늘을 빠르게 뛰어다니듯 지나다니고, 선선한 바람이 기분 좋게 머리카락을 간지럽혔다.

 결혼을 위한 혼수 물품을 함께 고르자며 젊은 윤영과 젊은 지택은 가구 거리를 함께 걷고 있었다. 걷다가 어느 가구

점에 들어서고, 가구들을 구경하며 생각보다 비싼 가격에 함께 당황했던 윤영과 지택이었다. 가구점의 상인이 원래 가격에 비해서는 거의 거저 주는 것이라고 말하는 것에 혹했다가도, 윤영과 지택은 신중하게 결정하자는 생각에 상인에게 다시 오겠다며 가게 밖으로 나갔다. 그렇게 윤영과 지택은 몇 군데를 더 돌았다. 그래서, 이 가죽 소파를 어느 가구점에서 산 것인지 윤영은 기억하지 못했다. 그렇지만, 처음 이 소파를 발견했던 순간만큼은, 여전히 윤영의 머릿속에 선명하게 남아 있었다.

한때, 윤영은 이 비싼 가죽 소파를 사서 집에 들어오자마자 보이는 곳에 놓고, 손님들이 소파가 멋있거나 집안 분위기와 잘 어울린다고 말하는 것을 듣는 걸 좋아했다. 남편의 손님들이 집들이라던가 친목을 위한 작은 술자리던가를 이유로 집에 찾아와 고급스러운 가죽 소파가 거실을 지키는 수문장 마냥 자리 잡고 있는 것을 보고 멋있다고 말할 때마다, 윤영은 묘한 만족감이 제 왼쪽 가슴께부터 발끝까지 타고 내려가는 것을 느꼈다.

남들보다 조금 늦게 결혼한 윤영은 내조를 이유로 거의 삼 년 동안 다니던 직장을 그만뒀다. 그렇지만, 결혼 전 다니던 디자인 회사에서 인정받던 미적 감각은 여전히 자신 안에 살아 있다고 윤영은 믿었다. 관리가 까다로운 가죽 소파를 들여놓은 것도, 성실한 성격이 변하지 않았음을 인정받고 싶었던 윤영 나름대로의 표현이었다.

그리고, 윤영이 나이를 조금 더 먹어 서른한 살에 첫째를 임신하고 나서는, 관리를 잘 하면 오랫동안 변하지 않는 튼튼한 가죽처럼, 여전히 거실 집 한쪽 벽면에 자리 잡은 소파는, 윤영에게 자신이 이제 막 태어날 아이에게 언제까지나 편안하고 따뜻한 휴식처가 될 수 있다는 것을 보장하는 증표와도 같이 보였다. 그런데, 그 소파가 언제 이렇게나 낡은 고물이 다 되었는지. 윤영은 눈 깜짝할 사이 흘러 버린 시간에 새삼스럽게도 두려움을 느꼈다. 그리고 그 모든 시간의 순간들이 단 한 번도 멈추지 않고 빠르게 저 멀리 사라져 버렸다는 사실이, 문득 무서워졌다.

헤지고 거칠어진 소파의 손잡이 옆, 소파의 나무 뼈대를 따라 가죽이 접히는 부분의 벌어진 틈새로 내장재가 보였다. 갈색 소파 가죽은 오랫동안 사용하면서 잡아당겨지고, 늘어져서 소파의 나무 뼈대에 제대로 달라붙지 못했다. 죽기 전 물고기들의 쭈글쭈글한 지느러미처럼, 너덜거리는 갈색 소파 가죽은 어딘가 징그럽고 흉해 보이는 구석이 있었다. 어느새 그 가죽 아래에 군데군데 거멓게 때가 타고 변색된 듯한 누런 스펀지가 자리를 잡고 있었다. 아마 오랫동안 공기에 노출된 탓이었거나, 아니면 소파에서 제 두 아이들이 전에 무엇인가를 먹다 흘리고 그때그때 제대로 닦지 않은 탓이겠지. 게다가 이제는 소파 등받이에 기댈 때마다 물비린내에 눅눅한 곰팡이까지 섞인 듯한 퀴퀴한 냄새가 코끝에 닿았다. 겉만 낡은 게 아니라, 속까지 다 낡았구나. 저 소파. 아니, 상관없다. '어차피 다 낡은 소파 따위, 그냥 버려 버리면 그만이다…'라는 생각을 하다가, 문득. 윤영은 제가 언제부터 소파에 대한 애착을 잃고서 방치해 두었는지 궁금해졌다.

언제부터였지? 윤영은 어지럽게 엉켜 있는 기억들을 다급히 뒤적이는 또 다른 제 자신에게 이야기하듯이 속으로 곱씹었다. 남편이 밤늦게 술에 취해 들어올 때마다 소파에 누워 시끄럽게 코를 곤다는 습관을 가지고 있다는 사실을 알아차렸을 때? 몸도 제대로 못 가누고 비틀대며 걷던 첫째가 걸음마를 연습하다가 넘어져서 고급스러운 나무 손잡이에 머리를 박아 혹이 났을 때? 아니면 남편 그리고 두 아이들과 함께 앉아 있을 수 있었던 방석 부분이 푹 아래로 꺼져 버린 것을 보았을 때? 그래, 어쩌면 더 이상 네 사람이 전처럼 나란히 앉아 있는 것이 이 소파로는 무리라는 것을 알아차렸을 때부터. 윤영은 그 소파에 마지막으로 남아 있던 정을 떼어 버린 것일지도 몰랐다.

"듣고 있어. 엄마? 나, 언니를 봤다니까?"
"…듣고 있어. 그러니까…"
은진이 약간의 짜증과 들뜬 감정이 섞인 목소리로 대답을 재촉해서 윤영은 갈 길을 잃고 헤매던 생각을 멈추고 현실로 돌아왔다. 지금, 윤영은 거실 한쪽에 놓인 가죽 소파에 앉아 전화를 받고 있었다. 무더운 여름 한낮에 전화를 걸어 온 사람은 둘째 딸 은진이었다. 그리고, 방금 제 오른쪽 귀로 흘러 들어온 대화의 주제는 첫째 딸 은영이었다.

생각을 정리하던 윤영의 시선이 거실 건너편 벽에 매달린 꺼진 티브이에서 멈췄다. 화면은 새까맣게 칠한 거실을, 소리

없이 비추고 있었다. 검은 벽, 검은 소파, 검은 핸드폰, 그리고 검은 윤영. 화면 속 혼자 앉아 있는 자신을 보던 윤영은 이질감을 느꼈다. 분명 빛이 유리 위에 만들어 낸 반사일 뿐, 제 진짜 생김새와 다른 것이라고는 없을 텐데. 이상하게도, 화면 속 자신은 꼭 다른 사람인 것만 같았다. 제 모습뿐만 아니라, 거실도 그랬다. 처음 보는 공간인 것처럼 낯설었다. 마치 흑백 사진처럼, 시간이 멈춘 채 박제된 것 같아 느껴지는 기괴함 때문에 그런 것일까 하고, 윤영은 생각했다. 티브이 밖의 세상은 멈추지 않으니까. 물이 흘러가듯 빠르게 변하니까. 항상 그래 왔고, 앞으로도 그럴 것이고, 지금 이 순간도 그러니까.

 땅에서 몇 년 만에 힘겹게 기어올라 온 매미들이 자전거나 자동차나, 사람이나 누구 하나 지나다니지 않아 조용한 아파트 단지를 찢을 듯 울고 있었다. 바닥 끝까지 블라인드를 내려 두지 않은 탓에 뜨거운 햇빛이 흘러들어와, 어둑한 거실을 환하게 밝히고 있었다. 낡은 가죽 소파 위에 가만히 앉아 있는 자신의 목 뒤에서 송골송골 맺힌 땀방울 서너 개가, 날개 뼈를 따라, 척추를 따라, 허리 아래로 느리게 흘러내리는 것을 따라 새겨지는 불쾌한 감각이 비로소 다시 선명해졌다. 입 안이 모래라도 가득 들어찬 것처럼 바짝 마르는 것만 같았다. 윤영은 피로에 부르튼 얇은 제 입술을 달싹였다가 말했다.

"…어디서 봤는데?"

"여기 강릉에, 그러니까, 거기 해수욕장 이름 뭐였더라? 그 모래사장 옆으로 쭉 하얀색으로 길 나 있는 데 있잖아. 전에 한 번 가족끼리 왔었던… 어쨌든 바다 옆에 나랑 친구들이랑 숙소 잡아 놨었잖아. 그런데, 언니가 지나가더라고…."

"혼자? 그러니까, 은영이. 네 언니가. 혼자 있었어?"

윤영의 목소리가 은진이 말하던 것을 끊으며, 다급하게 끼어들었다. 전화 너머로 당황한 듯 잠시 침묵하던 은진은, 곧 불쾌한 기색을 감추지 않고 퉁명스럽게 자신이 본 상황을 털어놓았다.

"응, 아니 내가 숙소에서 애들이랑 놀고 있었거든. 술이랑 안주를 사왔는데 생각보다 우리가 많이 먹더라고? 그래서, 친구들이 편의점에서 뭘 더 사오는 걸로 하고 난 상을 치우고 있었거든. 물티슈로 상을 닦고 있는데, 해안가에 아까 말했던 하얀색 길… 아, 맞아. 데크. 데크라고 부르지, 그걸? 그 하얀색 데크 위로 언니가 혼자 걸어가고 있더라고."

"그게 네 언니인 건 어떻게 알았어?"

"그냥 딱 뒷모습이 언니던데. 아, 그 옷 있잖아. 옷이 눈에 띠더라."

"…옷이? 무슨 옷?"

"왜, 그 엄마랑 언니랑 싸웠을 때… 언니가 들고 나간 옷. 흰색 반팔인데, 등 쪽에 검은색 물고기… 아, 그, 왜 상어 그려져 있는 거 있잖아. 그걸, 언니가 입고서 걷고 있더라니까? 그 반팔 티셔츠, 여름 되면 언니가 항상 꺼내 입잖아. 그래서 보고, 딱 언니구나 하고 알았지."

"……"

은진의 목소리는 확신으로 가득 차 있었다. 윤영은 그 말에 화를 내야 할지 아니면, 안심을 해야 할지 몰랐다. 은영이 특별히 몸 상한 데 없이 혼자서 잘 다니는구나 하는 사실에 다행이라고 생각했다. 그리고 동시에, 집에서 걱정을 하고 있는 걸 알면서도 연락 않고 놀러다니는 은영이 괘씸했다. 게다가, 아직 그 옷을 버리지 않고 입고서, 바닷가를 걸었다고 하지를 않나… 윤영도 은진이 말하는 티셔츠가 무엇인지 잘 알았다. 은영에게 몇 번이고 오래되어 보기 흉하게 목이 늘어났으니 그만 입고 좀 버리라고 했던 바로 그 티셔츠. 그럼에도, 은영이 꾸역꾸역 자신의 것이라며 계속 앞으로도 입을 것이니 신경 쓰지 말라고 했었던 그 티셔츠를. 윤영도 잘 알고 있었다.

생각해 보면, 은영은 이상한 데서 고집이 셌다. 동생인 은진에 비해서 그렇게 물욕이 강하지는 않았지만, 은영은 제 마음에 한 번 든 것이라면 끝까지 손으로 붙들고 있으려고 했다. 유치원 때의 키에 맞춰 사주었지만, 지금의 은영의 가슴께부터 무릎 위 까지를 겨우 가리는 짧은 빨강과 노랑, 초록 땡땡이 무늬의 담요라던가. 중학교 졸업식 때 생일 선물로 받았다가, 어느 날 한쪽 지퍼 손잡이가 떨어져 나가 버린 검은색 백팩이라던가. 은영이 처음으로 영어 과외를 해서 번 돈으로 새로 샀지만, 이제는 뒤꿈치가 까져 안의 플라스틱 힐 카운터가 드러난 베이지색 운동화가 그 예였다.

은영은 그런 물건들을 상전처럼 모시며 살지는 않았다. 그렇지만, 그것들을 버린다는 건, 은영에게 상상도 못할 정도로 끔찍하고 잔인한 행동이었다. 아무리 오래되고 낡아 더 이상 예전의 용도로 쓸 수 없음에도, 은영은 그것들을 버리기 보다는 지독할 정도로 진득하게 들고 다니다 못해 벽장 안에 빼곡하게 넣어 두는 것을 기꺼워했다.

윤영은 자신이 그런 낡은 물건들 중 아무거나 하나를 골라 좀 버리라고 말할 때마다, 은영이 아직 버리기에는 아깝다고, 쓸 만하다고 제게 항변하던 모습을 떠올렸다. 그렇지만, 윤영에게 은영의 모습은 단순히 수집벽을 가진 사람처럼 보였다. 쓸모없고, 가치 없고, 오래되고 불필요한 것들을 버리는 법을 받아들이려는 시도조차 하지 않는 욕심과 게으름의 결과로밖에 보이지 않았다. 자신뿐만이 아니라 은영이 아닌 다른 사람들도 그렇게 생각할 게 분명하다고 윤영은 생각했다. 세상 누가 돈이 없는 것도 아닌데, 낡은 것들만 걸친 사람들을 좋게 볼까?

윤영이 살면서 직접 경험해 본 것으로, 그리고 다른 사람들로부터 들었던 말들을 통해서 볼 때, 자신의 좋은 품성과 같은 내면적인 장점을 드러내는 가장 좋은 방법은 좋은 외면을 갖추는 것이었다. 그리고, 그것을 위한 방법에는 어디 하나 부족한 차림새는 포함되지 않았다. 깔끔하게 보기 좋을 것, 그게 중요했다. 그렇기에, 윤영이 과거에나 쓸모 있었던 물건들에게 집착하는 은영의 행동에 불만을 가지는 것은 당연했다.

윤영은 어렸을 때부터 영특했던 은영이 적어도 성인이 되면, 자연스럽게 자신이 보통 사람이라면 관심을 가져야 하는 점들에 대해서 얼마나 무심했는지를 알아차리고 다른 사람들처럼 평범하게, 바뀔 줄 알았다. 그런데 실망스러울 정도로, 변함없이, 은영은 지금의 자기 모습을 유지하려고만 구는 게 아닌가. 그래서, 윤영은 은영에게 실망했던 것이었고, 은영과 크게 다투었던 것이다. 삼 개월 전에. 그 꼴 보기 싫은, 티셔츠 때문에.

그날은 겨울이라고 하기에는 덥고, 봄이라고 하기에는 추운 날이었다. 그날따라 날씨는 변덕스러웠고, 실수로 요리를 하다가 날카로운 칼에 윤영이 왼손 검지를 베여 버릴 정도로 운이 없던 날이었다. 그리고, 무엇보다, 유난히 은영의 방에 걸려 있던 그 티셔츠가 마음에 들지 않던 날이었다. 그래서, 학교를 마치고 돌아온 은영에게 윤영이 평소처럼 하던 말이 조금은 거칠게 나왔던 것 같기도 했다.

"저거, 흉한 걸 왜 아직도 가지고 있어? 슬슬 가져다 버려."

"왜 또 그래? 아직 입을 만하다니까? 찢어진 데도 없고, 깨끗한데."

"뭐가 아직 입을 만해? 너도 저거 안 입고 나가고, 집에서나 입고 있잖아. 내가 옷을 입으라고 사줬지, 집에 넣어 두라고 사줬어? 저거 그냥 쓰레기야!"

"…말을 왜 꼭 그렇게 하고 그래? 내가 괜찮다고 하잖아!"

"너 이제 어른이야, 김은영! 언제까지 내가 이렇게 잔소리를 해야겠어? 적당히를 몰라, 얘가!"

"…뭐가 문제야? 왜 엄마는 항상 그런 말만 해? 내가 알아서 한다고 했잖아!"

"네가 알아서 하긴 뭘 해! 쓸모없는 것만 모을 줄 알지! 네 방이 무슨 쓰레기장이야?"

"엄마, 좀! 내가 말하면 들어주면 안 돼? 왜 엄마는 항상 엄마 말만 맞다고 그래? 나는…"

"내가 하는 말이 맞으니까! 됐어, 저거 갖다 버려. 아니, 네 방에 있는 안 쓰는 거 다 가져다 버려! 아니면, 네가 학교 간 사이에 다 버려 버릴 줄 알아!"

　방에 있는 그 티셔츠를, 아니 그 티셔츠를 포함한 다른 낡은 물건들도 전부 버려 버리라는 윤영의 말은, 그저 은영에게 평범하게 오래된 것들은 뒤로하고, 새롭고 더 나은 것들을 접했으면 하는 걱정에서 비롯된 것이었다. 은영이 어렸을 적에 농담삼아 "돈 없어서 못 사줘"라고 몇 번 말했던 것 때문에 은영이 이상하게도 낡은 물건들에 정을 붙이는 걸까 하는 죄책감에서 비롯된 미안함의 표현이기도 했다. 그런데 여러 번 반복해서 걱정해 줌에도 은영이 몰라주어서. 누구보다도 은영을 생각해서 한 말인데도 그냥 잔소리로 치부해 버리는 은영의 무심한 태도에 화가 나서. 그날따라 조금, 아주 조금 더 꾸짖는 어투였던 것 같기는 했다. 다만, 돌아온 은영의 말이 왜 항상 제게 간섭하고, 자신을 단 한 번도 생각해 주지 않느냐였기에. 윤영은 소리를 높일 수밖에 없었다.

　감정은, 특히나 부정적인 감정은 금방 사람을 집어삼키고 전염되기 쉽고, 결국 큰 상처를 남긴다는 말을 언젠가 아침 방송 프로그램에서 본 것 같은데. 그 말이 사실이었다는 것을 윤영은 다음날 아침에, 화를 내며 방으로 들어가 문을 잠갔던 은영이 캐리어 하나를 챙겨 홀연히 사라진 것을 보고 생생하게 느낄 수 있었다.

그렇게 집을 떠난 은영은, 자신이 단단히 화가 났다는 것을 윤영에게 보여주고 싶기라도 한 것인지, 먼저 연락하던 것을 끊어 버렸다. 영상 통화는 물론이고, 일반 통화, 심지어는 카톡으로도 은영은 윤영에게 대답하지 않았다. 이전까지는 단 한 번도 은영이 제게 말도 없이 외출하거나 외박을 하는 일이 없었기에, 윤영의 분노는 어느새 걱정으로 바뀌어 있었다. 윤영이 보낸 카톡 옆의 작은 노란색 숫자가 사라질 뿐 돌아오는 답이 없자, 윤영은 혹시라도 은영에게 무슨 일이라도 생겼다면 급하게 경찰에 신고해야 하는 것은 아닌지 진지하게 고민하기도 했다.

"은영이 기숙사 들어갔다면서? 역시 서울로 왔다 갔다 하는 게 힘들기는 힘들다고 그러지?"

사흘이 지났을 때, 은영과 고등학교 때 친구였던 아이의 엄마로부터 전해들은 말이었다. 그제서야 윤영은 다른 사람들 앞에서 아무 일도 없는 사람인 척할 수 있었다. 안심이 되기는 했다. 어디 이상한 데가 아니라, 기숙사는 안전한 곳일 테니까. 그렇지만, 고작 그 낡은 티셔츠 하나 때문에 제게 말도 없이 집을 나가 자신을 걱정시킨 은영이 원망스러웠다. 자신이 틀린 말을 한 것은 아니지 않은가. 오히려, 은영을 진심으로 걱정해서 해준 말이었는데, 완전히 상대를 무시한 것은 제가 아니라 은영이었다고 윤영은 생각했다.

 그래서, 윤영 역시 은영에게 먼저 연락하지 않았다. 그저, 자기 언니와 사이가 그리 틀어지지 않아 연락을 이어 오고 있었다던 은진에게 슬쩍 물어볼 뿐이었다. 은영이 어떻게 지내는지, 무슨 특별한 일이 있지는 않았는지를. 윤영은 은영이 현실을 뼈저리게 느끼고 반성하며 집으로 돌아와 사과하고, 다시 원래대로 지내기를 기다리기로 한 것이었다. 그리고, 그렇게 삼 개월 하고도 나흘이 지난 것이, 오늘이었다.

 윤영이 여전히 선명하게 기억나는 삼 개월 전부터의 일들을 하나하나 되짚어 보는 사이, 은진이 말을 이었다. 그 오래된 흰색 반팔 티셔츠를 입은 은영이 데크를 따라 쭉 걸어가는 것을 보고, 은진은 다급하게 창문에 몸을 기대고 은영에게 핸드폰으로 전화를 걸었다고 했다. 은진은 말했다. 은영이 뒤늦게 전화를 받으면, 핸드폰은 장식으로 들고 다니는 것이냐 말하던 게 누구였냐, 별것도 아닌 일로 언제까지 집에도 한 번 안 오고 카톡으로만 툭툭 답장만 해댈 거냐는 식으로 말할 생각이었다고. 은진은 언니가 어른이 되었으면 좀 어른답게 행동해야 하지 않겠냐고, 윤영을 대신해서 말해 줄 생각이었다고 했다.

"그런데, 언니가 전화를 받자마자 뭐라고 했는줄 알아? 나더러, 먼저 기숙사에 가서 키우던 물고기를 집으로 가져가서 돌보고 있으래. 자기는 한 삼 일 있다가 정리하고 집에 들어갈 테니까."

"키우던 물고기를? 아니, 잠깐만. 집에 돌아온다고 그랬어? 은영이가? 진짜로?"

"응, 진짜라니까? 기숙사에서 동물 키우면 안 되는 게 걸려서 벌점 받았대. 계절학기 끝나는 게 내일 모레라서 기숙사에서 나온다던데? 그래서, 물고기 받아서 오려고. 언니 룸메가 서울에서 여기로 내려올 일 있어서 터미널에서 받기로 했어."

"아, 그래… 터미널에서. 그래. 다행이다."

윤영은 다행이라고 말을 해놓고서도 무언가 가시처럼 속에 걸리는 듯한 느낌을 받았다. 집을 나갔던 딸이 세 달 만에 돌아오니 분명 반가워해야 할 일이었다. 게다가, 그동안 어디 하나 몸 상한 데 없이 돌아오는 것이라면 마땅히 기뻐해야 할 터였다. 하지만, 이상하게 무엇인가가 어긋난 듯한 느낌이 들었다. 그리고 그 이상한 느낌을 무엇 때문에 느끼는 것인지, 윤영은 감을 잡을 수가 없었다. 원인 모를 불안함이 윤영을 흔들었는데, 윤영은 일단 그것이 귀를 찢는 듯한 매미의 울음소리 때문이라고 지레짐작하고 넘겼다. 어쨌거나, 잘 해결될 테니까, 은영이 돌아오게 되면 모두 잘 해결될 테니까. 그렇게 윤영은 속으로 중얼거렸다. 침묵이 길어지자, 혹시 저와 통화하던 중에 다른 생각을 하는 것이냐며 은진이 서운해하는 소리를 할까 싶어, 윤영은 급하게 말을 돌렸다.

"은진아. 그, 재밌게는 잘 놀았어, 강릉에서?"

"뭐, 아까 말했던 것처럼 바다 구경도 하고, 시장 가서 뭐 사먹고, 술 먹고 했지 뭐. 집 가서 마저 얘기해줄게. 아, 엄마. 언니 룸메한테 문자 왔다. 이따, 집 가서 봐요."

"어, 알았어. 조심히 오고. 짐 많으면 엄마한테 전화해. 데리러 갈게."

은진이 전화를 끊자 윤영은 핸드폰을 가죽 소파 앞의 작은 원형 나무 탁상 위에 올려두었다. 은영이 돌아온다. 삼일 뒤에. 그러다 은진이 말했던 은영이 키웠다던 물고기가 생각났다. 의아했다. 은영이 걔가 그런 동물을 키우는 걸 좋아하던 애였던가? 은영이 책임감 있는 아이라지만, 저보다 훨씬 작은 물고기를 굳이? 그것도 어디 가서 규칙 같은 것을 어기지 않던 은영이, 벌점 받는 것을 감수하면서 자신이 직접 키웠다니. 윤영은 묘한 호기심과 걱정이 들었다. 물고기를 넣어 둘 만한 수조가 있던가? 예전에 썼던 어항을 버리지는 않았던 것 같은데 그게 어디에 있는지 윤영은 기억나지 않았다. 윤영은 어항 대신 임시로 욕실에 있는 바가지를 내주어야 하나 싶었다. 한 마리 정도면, 바가지로도 충분할 테니까. 어쨌거나, 은영이 돌아온다니 작은 물고기를 몇 마리 맡는 것 정도는 충분히 감수할 만했다.

 윤영은 제 앞에 있던 선풍기로 손을 뻗어 전원 버튼을 눌렀다. 곧 빠르게 돌아가던 팬이 느려지다 못해 멈추었다. 꺼진 선풍기를 확인하고 나서, 윤영은 활짝 열려 있던 창을 닫았다. 제 딸이 돌아오니 미리 에어컨을 켜 두어 집을 시원하게 해둘 생각이었다. 집 밖은 너무 덥고 시끄러우니까, 돌아온 집에서는 시원하고, 조용하게 쉬었으면 해서.

* *

은진은 피곤했다. 친구들과 바다 주변에서 노는 것이 물론 재미는 있었다. 그렇지만, 더운 날씨에 이리저리 돌아다니며 햇빛을 그대로 받고, 처음 가는 장소에서 헤매지 않으려 긴장을 하고 다니는 건 힘든 일이었다. 그렇지만, 이제 한 시간이면 은진은 집에 갈 수 있었다. 지금까지 가봤던 모든 곳들 중에서 가장 익숙하고 편안한 공간에 말이다. 물론, 그건 언니의 물고기를 받고 난 뒤에야 가능한 일이지만. 누군가가 올 때까지 얌전히 기다리고 있어야 한다는 사실은, 은진을 더 지치게 만들었다.

은진은 예전부터 활동적인 편이었고, 앞으로도 가만히 있기보다는 움직이는 쪽을 선호하는 사람일 것이었다. 언니가 부탁하지만 않았더라면, 오늘처럼 은진이 터미널에서 쓸데없이 시간을 죽이고 있는 일은 없었을 것이었다. 오히려 진즉에 시원한 집에 들어가서 해야 할 일을 하고 있었을 것이다. 짐 정리라던가. 방학에 마저 하겠다며 책상 위에 던져 두었던 펠트 인형 만들기 같은 취미 활동이라던가. 아니면… 그냥 잠을 자거나. 적어도 가만히 기다리는 것보다는 뭔가 제게 도움이 되는 일을 하고 있었을 것이다. 계속 이런 식으로만 생각하면 더 기분만 나빠질 것만 같아서, 은진은 다르게 생각하기로 했다. 어쩌면, 언니가 그만큼 저를 믿어서, 이번 일을 부탁한 것은 아닐까 하고.

은진은 사람을 잘 알아보곤 했다. 이름은 몰라도, 얼굴을 보고 어디에서 무슨 이유로 만났던 사람이었는지를 기억하는 재주가 있었다. 그래서 처음 보는 사람으로부터 물건을 받아 집으로 가져오는 일을 제일 잘할 만한 사람으로, 언니가 자신을 떠올렸으리라는 건 분명했다. 복잡한 터미널에서 처음 보는 사람을 찾아 말을 거는 것은, 은진에게 귀찮기는 해도 그렇게 어려운 일이 아니었으니까.

은진은 언니가 곧 집으로 돌아가겠다고 통보하듯 전화를 끊고 나서 보내준 사진을 떠올렸다. 크림색의 벽지와 하얀색의 매트리스 배경 앞, 펼쳐 둔 연노란색의 둥근 밥상과 자두

맛 음료수 종이팩 뒤, 그 사이에 있는 두 여자. 세 달 전에 집을 나간 언니가 자기 물고기를 대신 전해줄 친구라고 알려주었던 여자. 그 사진 속 여자가 지금 막 터미널 홀로 들어오고 있었다. 24인치 캐리어를 한 손으로 끌면서 여자는 투명한 유리문 사이로 들어왔다. 곧 여자는 사람들이 지나다니는 통로를 피해, 터미널 한쪽 구석에 자리를 잡았다. 유명한 프랜차이즈 분식점 부스의 유리벽 앞이었다. 멈춰선 여자가 핸드폰을 꺼내는 것을 본 은진은 곧 앞으로 메고 있던 가방을 등 뒤로 돌려 메고, 그녀에게 조심스레 다가갔다.

"저기요… 은영 언니 기숙사 룸메이트 분이시죠? 그러니까, 박예림…씨, 맞죠?"
"…아, 네. 맞아요. 박예림이에요. 편하게 불러 주셔도 괜찮아요. 음, 그럼 김은진 씨? 은영 언니 동생 맞으시죠? 은영 언니한테 얘기 들었어요."

은진의 부름에 예림이 핸드폰을 내려다보던 고개를 들어올려, 은진을 쳐다보았다. 예림은 친근한 인상을 주려는 듯 옅은 미소를 얼굴 위에 덧씌우며 입을 열었다. 그렇지만, 은진은 예림의 표정보다는 그녀의 차림새에 시선이 갔다. 언니에게 받았던 사진보다 훨씬 더 눈에 띠는 모습을, 예림은 하고 있었다. 예림은 은진과 거의 비슷했지만 조금 더 마른 편이었다. 오래 전 검은색 머리카락을 남색으로 바꾸려 염색이라도 했던 것인지, 머리카락 끝과 두피 뿌리 쪽 색이 달랐다. 얇은 목에는 은색의 목걸이가 걸려 있었고, 그 끝에 개인지 고양이인지 구분하기 어려운, 기묘한 은색의 동물 모양 장식이 달려 있는 게 은진의 눈에 들어왔다. 예림의 왼쪽 귀에는 작은 피어싱이 네 개, 아니 다섯 개가 박혀 있었다.

  짧은 청바지를 입고 그 위에 검은색 가죽 재킷을 걸친 것 때문인지, 예림의 목선을 따라 땀이 흐르는 것이 눈에 들어와 은진은 살짝 눈살을 찌푸렸다. 이 더운 날씨에, 뭐 저런 걸 입고도 괜찮나? 은진은 괜히 몸을 돌려, 제 등을 쪼아대던 햇빛이 그대로 예림에게 닿도록 했다. 언니에게 사진을 처음 받았을 때부터 들었던 의문이 다시금 은진의 머릿속을 채웠다. 박예림, 저 여자가 정말 언니와 친하다고? 저런 눈에 띄게 괴상한 차림새를 하고 거리를 걷는 사람, 그러니까 온갖 사람들의 관심을 한눈에 다 받을 법한 사람과 언니가 친하게 지냈다는 것이 거짓말 같았다.

박예림은 언니가 싫어한다고 말하던 부류의 사람을 그대로 현실로 가져온 것처럼 보였다. 보편적인 사람들과 다른 부분이 있다면, 그것을 숨기는 것이 아니라 오히려 훤히 자랑하듯 내보이는 사람들. 온몸으로 개성이라는 이름의 괴성을 질러대던 사람들. 언니는 그런 사람들을 싫어한다고 은진에게 몇 번이고 강조하곤 했다. 말 붙이는 것은 물론이고, 마주하고 싶지도 않다고 분명하게 은영이 제게 한 글자 한 글자 이야기해 주었던 것을 은진은 기억했다.

그런데, 무슨 일이 있었기에 언니가 저런 과하게 눈에 띄는 사람을 제 친구라며 저에게 소개해 주었던 것일까? 언니는 "난 친구 별로 없는데."라는 말을 버릇처럼 하고 다녔다. 그렇다고, 언니가 어디 나가서 만나는 사람들이 없었던 것은 아니었다. 언니도 다른 사람들과 함께 식사를 하고, 대화를 하고, 여행을 갔었다. 다만, 언니에게 '친구'란 매우 신중하고 세심하게 관계를 구분 짓기 위해서 사용되어야 하는 단어라는 걸 은진은 알고 있었다.

작년 겨울 즈음, 언니와 나눴던 대화를 은진은 아직도 기억한다. 언니는 대학 동기들과 가볍게 술자리를 가졌다며 밤늦게 들어왔었다. 그때 은진은 수험생인 자신과 달리 언니는 재밌게 놀고 왔겠구나 하는 괜한 질투심에 언니에게 짜증을 내려고 했었다. 취기가 올라 느릿하게 눈을 깜빡여대며 짐을 정리하던 언니에게 은진은 말했다.

"친구들이랑 재밌었나 봐? 이렇게나 늦게 오고."

"…친구들 아니야. 그냥… 약속 잡혀 있어서 마시고 온 거고."

"대학 동기라며. 그럼 친구잖아, 나 다 알고 있어. 거짓말 하지 마."

"얼굴만 알아. 그냥 밥 한 번 먹을 만할 정도로. 아는 사람이지. 친구는… 아니야."

은진이 어이가 없어 다시 뭐라고 말하기 전에, 언니는 은진을 똑바로 바라보았다. 반쯤 눈이 감겨 있었지만, 눈빛은 흔들리지 않았다. 곧 태연한 목소리로 언니는 말을 이었다.

"…난 관계에 있어서 선이 중요하다고 생각하거든."

"…원래, 사람들 사이에는 다 선이 있어. 언니. 이상한 데로 얘기 끌고 가지 마."

"아니, 들어 봐. 은진아. 다들 서로 관계를 맺을 때 선을 긋지만… 내 생각에, 나는 그 선이 다른 사람들보다 더 많은 것 같아. 더 두껍고. 그러니까… 응, 친구는, 소중하고 중요한 관계라고 생각하거든."

"……"

"대화나, 식사나 커피라던가 한다고 해서, 친구는 못 되는 거야. 친구는 그것보다는 더… 오랜 시간과, 정성이 필요하다고… 난… 그렇게 생각해."

"… 그게 뭐야, 이상해."

그날 은진은 거의 십년 동안 언니에 대해 모르고 있던 사실을 새롭게 하나 알았다. 얼굴만 아는 사이, 잠깐 말을 섞는 사이, "나중에 밥 한 번 먹자"는 말에 함께 커피를 마시거나 식사할 수 있는 사이 따위는 언니의 '친구'에 해당되지 않는다는 것을 말이다. 그런 언니의 기준에 따르면, 예림은 언니의 '친구'라는, 내밀하고 소중한 관계로 불리기에는 부족한 사람이었다. 이십일 년 하고도 반 년 중에, 딱 삼 개월. 그 삼 개월이라는 짧은 시간이 예림과 언니가 나누었던 시간이었으니까.

그런데, 왜 예림을 '친구'라고 언니는 말했던 걸까? 특이한 부분을 자연스럽게 숨기려 애쓰던 언니와 다르게 온전하게 모두 드러내는 모습이 부러워서, 그런 예림의 거침없는 태도를 따라하고 싶기라도 했던 걸까? 어쩌면 정말 언니는 처음에는 그랬을지도 몰랐다. 그렇지만, '조금 시간이 지나고 나서는 분명 스트레스를 받았지만, 어쩔 수 없이 친하게 지내는 척했을 것이다'라고, 은진은 생각했다. 은진이 아는 언니라면 분명 그랬을 것이었다. 그래, 애초에 언니는 때 탄 물건을 버리지 않는 것도 아니었다. 버리지 못하는 것이었지.

세 달 전에 언니가 엄마와 싸웠던 이유는 언니가 너무 다른 사람들의 시선에 무심해서, 자신이 좋아하는 것들과 함께 조용히 가라앉기를 선택했기 때문이었다. 그렇지만 은진이 볼 때, 언니는 사람들의 시선을 신경 쓰지 않는 것처럼 보이지 않았다. 오히려 언니는 사람들의 시선에 너무 민감해서, 무심한 척하기를 선택한 것처럼 보였다. 어차피 다들 자신의 일을 하느라 바빠 다른 사람들이 뭘 하는지는 관심을 가지지 않는다고, 그러니 자신이 마음대로 입고 다녀도 된다고 당당히 언니는 이야기했다. 그렇지만, 어느 순간부터 은영은 즐겨 신고 다니던 낡은 신발을 장롱 안으로 넣어 두었다. 그리고 가끔 학교에 가는 것이 아니라, 혼자 조용히 카페라던가 도서관이라던가를 갈 때만 꺼내 신고는 돌아와서는 다시 신발을 장롱 안에 넣어 두곤 했다. 신발에서, 가방으로, 그리고 엄마와 싸웠던 원인이었던 티셔츠까지. 언니가 좋아하던 모든 것들은, 그렇게 잠깐 밖으로 나왔다가, 다시 오랫동안 안으로 들어가 있었다. 그렇게, 조금씩 낡아 갔다.

 은진은 그걸 잘 알고 있었다. 왔다 갔다 하며 직접 보고 알아차린 것이기도 했지만, 언젠가 은영에게 직접 들은 이야기였기 때문에 알 수 있었다. 한 살 차이밖에 나지 않는 자매라는 것은, 은영과 은진이 어른들 몰래 둘이서 우울하고도 어두운 이야기를 나눌 수 있는 명분으로 충분했다. 은영과 은진은 서로의 예민한 약점을 들추어내 사납게 찔렀다가도, 다른 이들이 그 상처를 알아볼 수 없도록 조심스럽게 덮어 주는 이상하고도 복잡한 사이였다. 은영, 그러니까 언니의 고민들은 대개 엄마와 아빠에게는 너무 가볍고, 언니의 친구들에게는 너무 무거운 것이었다. 언니는 이해하지 말고 그냥 들어줄 수 있는 사람을 찾았고, 그 사람은 한 살 차이 나는 은진이 되었다. 그 덕에 엄마나 아빠는 모르는 언니의 고민을 은진은 별 어려움 없이 알 수 있었다. 그렇기에, 은진은 직접 왜 오래된 물건들을 버리지 않는 것인지에 대한 이유를 진즉에 언니로부터 들을 수 있었다.

"나는 가끔은 세상이 멈췄으면 좋겠어. 그냥 변하지 않고, 이대로."

"언니, 사람은 그럼 죽어. 숨을 못 쉬잖아."

"아니, 그런 말이 아니잖아. 그러니까, 뭐랄까… 그냥 오늘 하루가 계속 반복되면 좋겠다는 거야. 그럼 적어도 더 나빠질 건 없잖아?"

"음… 글쎄, 모르겠는데. 지루하지 않을까? 익숙해지면 말이야. 언니, 또 우울해?"

"…그런가? 아니야, 그냥 해본 말이었어. 어제, 우리 그저께도 앞에 지나갔을 때 있던 빵집이 문을 닫았더라고. 폐업했대. 자주 빵 사먹었는데, 좀 아쉽다 싶어서 해본 말이었어. 신경쓰지 마."

은진은 그 말이 언니가 고민을 숨기려는 핑계인 것을 알고 있었다. 언니는 변하는 것을 두려워했다. 정확하게는, 나이를 먹고 그에 따라 성장해야만 한다는 것을 무서워했다. 자신은 아직 미숙한데, 자신을 둘러싼 모든 환경들이 멈추지 않고 계속해서 빠르게 흘러가는 것이. 참을 수 없을 정도로 무섭다고 언니가 말하는 것을, 은진은 알아차린지 오래였다. 그래서 언니는 오래된 물건들을 놓지 못했다. 같이 고등학생이던 때와 달리, 어른이 되어 이전보다 더 언니의 고민은 심오해졌다. 그 무거운 고민의 무게를 보면서, 은진은 어른이 되면 언니처럼 매순간 두려움 속에서 사는 사람이 될 줄 알았다. 하지만, 정작 은진이 고민을 털어놓던 언니와 같은 나이가 되었음에도, 은진은 아직도 언니의 고민을 이해할 수가 없었다.

　언니는 자신과 달리 인간관계가 틀어지는 것에도 너무 괴로워하지 않고 잘 해결하고는 했다. 언니는 갑작스럽게 해결해야 일이 생겨도 미루지 않고 제시간에 척척 해내는 성실한 사람이기도 했다. 그래서 은진은 언니가 두렵다고 말하는 게 사실은 엄살일 것이라고 생각했다. 언니는 겁은 많아도 성실한 사람이었으니까. 언니가 두렵다고 말하는 것은, 미래에 닥

칠 최악의 상황을 대비하는 걱정의 일부일 뿐이라고 생각했다. 자신이 그 누구보다도 잘 알고 있는 언니는 쓸데없는 걱정을 하면서도 잘 살아가는 사람이니까. 그런 확신이, 은진에게 있었다. 그래서, 은진은 예림의 존재가 특히나 더 껄끄러웠다. 자신이 알고 있는 언니라면 절대로 가까이 두지 않을 사람처럼 보였기 때문이었다.

"제가 좀 바빠서요. 저한테 언니가 전해 달라고 부탁했던 게 있지 않아요?"

은진은 자신도 모르게 날이 선 목소리로 말했다. 제 행동이 이상하다는 것을 자신도 잘 알고 있었다. 그렇지만, 은진은 자신이 그 누구보다도 잘 알고 있을 것이라 생각해 왔던 언니의 모습을, 항상 "내가 솔직하게, 너한테만 말해 주는 거지만…"이라는 말과 함께 들었던 언니의 속내를 완전하게 아는 것이 아닐지도 모른다는 불안감에 예민하게 굴 수밖에 없었다. 은진의 날카로운 시선에 순간 멈칫했던 예림이 어색한 미소를 짓는 것이 보였다. 곧 예림이 옆의 짙은 남색 캐리어에 놓여 있던 검은색 비닐봉투를 내밀었다.

"아, 네. 죄송해요. 여기요. 이게 은영 언니가 기숙사 방 책상 위에서 키웠던 거예요."

은진은 은근히 묵직하게 손으로 전해져 오는 무게감에, 벌어진 비닐봉투 틈새 사이로 시선을 두어 속을 들여다보았다. 검은 비닐봉투 속은 빛이 제대로 닿지 않아 어둑하게 보였지만, 속에 투명한 비닐봉지가 들어 있다는 것은 알아차릴 수는 있었다. 그 안에는 플라스틱 컵이 덩그러니 들어 있었다. 카페에서 아이스 아메리카노를 포장할 때 쓰는 투명한 플라스틱 컵. 빨대를 꽂기 위해 뚫려 있던 컵 구멍에는 테이프가 덕지덕지 붙어 있었다. 그리고 그 플라스틱 컵 오 분의 사 정도까지 채우고 있는 물 안에, 무언가 둥근 것이 가만히 잠겨 있는 것이 보였다. 자신이 사람들로 북적여서 소란스러운 터미널 안에 있는 것을 감안하더라도, 이상할 정도로 컵 안에 있을 물고기는 조용했다. 오히려, 찰랑거리는 물소리가 더 컸다. 물론 물고기가 말을 하지 못하는 것은 은진도 알았다. 그렇지만, 이상할 정도로 움직이지 않고 물속에 들어앉아 있는 물고기의 행동에, 은진은 혹시 언니의 물고기가 그 사이에 죽은 건 아닐지 순간 걱정되었다. 물고기는 갑자기, 이유 없이 죽어버리는 동물이니까.

　굳이 이유를 찾아보자면, 어쩌면, 언니의 물고기는 컵 위에 투명한 테이프 뭉치가 붙여지는 것을 보고, 언젠가 제 끝이 고통스럽게 찾아올 것임을 알아차리고 두려움을 버티지 못해 물속에서 숨 참기를 포기하고 그대로 죽어 버린 것일지도 모른다. 아니면, 자신을 둘러싼 투명한 세상이 실제로는 너무 좁고 같은 자리만 계속 돌게 만든다는 것을 알고, 실의에 빠져 죽은 것일지도 모른다. 혹은, 그냥 여러 겹으로 쌓인 탓에 너무 물의 온도가 뜨거워졌기 때문일지도.

　어쨌거나 물고기의 상태가 좋지 않다는 것은 은진에겐 곤란한 일이었다. 은진은 자연스럽게 결정했다. 만약 물고기가 죽었다면, 애초에 예림에게 받을 때부터, 처음부터 죽어 있었더라고 은진을 말할 것이었다. 애초에 물고기가 죽지 않았다면 그런 말을 꺼낼 필요도 없겠지만, 언니의 친구라고 하는 예림이, 언니가 키우던 물고기를 '포장'한 꼴을 보면 영 좋지 않을 게 뻔했다. 개도 고양이도 아닌, 물고기이기는 하지만, 무슨 물건 배달하는 것 마냥 거칠게 다루는 건 심하지 않나? 그 생각에, 은진은 서울에 있을 기숙사까지 가지 않아도 괜찮도록 물건을 전해준 예림에게 고마움은커녕, 오히려 배신감과 불쾌감이 거세게 밀려들었다. 언니가 자신에게 가지고 있는 신뢰를, 예림이 멋대로 가로채려는 것만 같았다. 제대로 뭐 하나 하지도 못하면서 자신은 죄가 없다는 듯, 천연덕스럽게 웃고 있는 저 얼굴도 짜증이 났다.

그래서, 물고기가 차라리 죽었기를, 은진은 순간 바랬다. 그래서 언니가 예림의 순진한 척하는 두꺼운 얼굴 아래의 무심하고 무책임한 면을 보았으면 했다. 언니가 변명하는 예림의 태도에 더 학을 떼고, 이럴 줄 알았다며 화를 냈으면 했다. 그리고 언니가 집으로 돌아와서 제게 얼마나 끔찍한 사람과 세 달 동안 지내야만 했는지 이야기를 했으면 했다. 어렸을 때처럼, 간식거리를 대충 앞에 두고서, 언니가 불만과 불안을 쏟아내고 역시 자신이 이야기를 들어주어서 다행이라고 말해 주었으면 했다. 거기까지 상상을 하고 나서야, 은진은 만족스러워졌다. 은진은 그제서야 다시 예림의 얼굴을 정면으로 바라보았다. 렌즈를 꼈는지 선명한 갈색의 눈동자가 보였다.

"…이거 살아 있는 거 맞아요? 안 움직이는 것 같은데. 물고기는 사람들 생각보다 훨씬 더 예민하고 영리한 동물이라 스트레스 받았을 수도 있어요."

그래서, 은진은 예림에게 한 마디를 했다. 대답이 돌아오는 것을 기대하고 한 것이 아니라, 언니에게 예림의 잘못을 말하기 전에, 그 책임이 누구에게 있는지를 미리 분명하게 하려고 꺼낸 말이었다. 예림에게 그녀가 얼마나 무책임하게, 무심하게 행동했고, 그게 얼마나 잘못된 것인지 그 중요성을 알고 있냐는 것을 돌려서 꼬집기 위해서 꺼낸 말을 해주어야 한다는, 은영의 동생으로서의 책임감이 들었기 때문이었다.

"진짜요? 글쎄요. 물고기는 잘 몰라서."

"물고기가 물에 있다고 다 괜찮은 게 아니거든요. 물고기도 결국 동물이잖아요? 숨 쉬어야 하는. 그런데 이렇게 뚜껑 입구를 테이프로 다 막아 버리면, 당연히 숨 막혀서 죽죠. 숨을 못 쉬잖아요."

"아, 더워서 그런가 봐요? 하긴 요즘 날이 더우니까…"

"날이 '더워서'라는 이유보다는 공기가 안 통해서 그런 거죠. 밀폐되어 있잖아요. 컵 안 공간은."

예림의 대답에 은진은 대답했다. 은진은 속으로 예림이 간단한 상식도 모르는 것에 충격을 받으면서도, 묘한 자부심을 느꼈다. 은진은 아직 상대적으로 어린 자신이 특정 분야에 몰입한 천재들처럼 뛰어나다는 생각은 고등학생이 되고 나서부터는 하지 않았지만, 지금 이 상황에서는 예림보다 자신이 조금 더 지적으로 우위에 있다는 것이 만족스러웠다. 예림은 제가 '밀폐'라는 단어를 조금 힘주어 말했던 걸 알아차렸을까? 은진이 생각했다. 조금, 아니 어쩌면 꽤 어려운 말이니까, 예림이 순간 움찔했으면 좋겠다고 생각했다. 정확히는, 겉으로는 아무렇지 않아 해도 속으로는 저를 부러워하거나, 약간은 대단한 것처럼 생각하는 것을 바랐다. 그건 자신이 예림보다 훨씬 더 유식하고 신뢰할 만한 사람이라 생각하고 있는 은진의 자존심 때문이기도 했고, 그런 자신보다도 언니보다 더 가깝고 친근한 듯 굴어대는 예림에 대한 약간의 질투심 때문이기도 했다.

"제가 한 거 아니에요. 테이프 그거."
"네?"

"그거, 은영 언니가 했어요. 저는 그냥 은영 언니가 자기 동생한테 전해주기만 하면 된다고 해서 그대로 가져와서 방금 드린 거였고요."

예림의 어색한 미소로 덮여 있던 얼굴이, 순간 억울함과 불쾌함이 섞인 듯한 얼굴이 되었다. 그런 예림의 말과 표정에 당황한 은진이 입을 열기도 전에, 예림이 다시 말을 이어 나갔다.

"…그리고, 그 물고기 상태 이상한 것도 제 탓 아니에요. 은영 언니가 키울 때부터 상태가 좀 그랬어요. 이상하게 생긴 것도 그렇지만… 원래도 안 움직였어요. 그냥 물속에 가만히 있더라고요."

그 말을 듣자마자, 은진은 민망함과 부끄러움이 스멀스멀 제 얼굴 피부 위로 기어 나오는 것 같은 느낌을 받았다. 은진은 제 얼굴이 눈에 확실히 띄게 붉어지지는 않았을까 걱정했다. 엄마에게 물려받은 하얀 피부의 유일한 단점은, 감정이 격해질 때마다 쉽게 홍조가 올라와 버린다는 것이었다. 특히, 감정적으로 자극받는 순간이면, 은진의 얼굴은 날뛰어 대는 속마음을 그대로 보여주듯 붉게 물들어 버리곤 했다.

그 불타는 것 마냥 뜨겁고 벌게지는 얼굴은 은진이 남들에게 보여주고 싶지 않은 것들 중 하나였다.

무언가 말을 해야, 이 어색하고 불편하게 이어지는 대화를 빨리 끝낼 수 있을 것 같았지만, 은진은 예림의 얼굴을 똑바로 쳐다보는 대신 제 손에 든 검은색 비닐봉지만 쳐다볼 뿐이었다. 아, 그래요? 제가 오해했네요, 방금 제가 너무 예민하게 말했죠. 실수했어요…. 이 상황에 적절할 말들이 떠오르지 않았던 것은 아니다. 그저, 은진은 제 실수를 인정하는 말을 하고 싶지 않았다. 특히 지금 제 앞에 있는 예림을 상대로는 더더욱. '미안하다'는 말 한 마디를 하는 게, 마치 자신이 완전히 졌다는 것을 스스로 인정하는 것만 같았다. 거기에 예림이 자신의 벌겋게 변한 얼굴을 보고 태연한 얼굴을 하고 있지만, 속으로는 비웃고 있을지도 모르겠다는 생각이 겹치자 은진은 지금 이 순간이 너무도 답답하고 불편하다고 느껴졌다. 그래서, 은진은 입을 조개처럼 꽉 다 문 채로 예림을 가만히 바라보았다. 그 어색한 침묵은, 예림이 다시 입을 열고 나서야 사라졌다.

"그러니까 걱정하지 않으셔도 될 거예요. 은영 언니도 아마 뭐라고 안 할 테니까요."

"아… 그래요. 다행, 이네요."

"그렇죠? 맞다, 검은색 비닐 안에 따로 포장되어 있는 건 먹이거든요? 그거 은영 언니가 하루에 한 번씩 주면 된다고 했어요."

"그냥 하루 한 번이요? 그러니까, 아침, 저녁 상관없이요?"

"어, 딱히 그런 얘기는 못 들었어요. 그런데 은영 언니도 매번 다를 때 먹이 주더라고요. 맞다, 어차피 며칠 뒤에 은영 언니가 집 간다고 했는데, 아니에요?"

"맞아요. 사흘, 아니 네. 삼 일 뒤요."

"그럼 괜찮지 않을까요? 뭐, 사람도 가끔 밥 때 놓치고 살기도 하고 그러니까 며칠 정도면… 버틸 것 같은데 말이죠. 다른 물고기는 몰라도, 은영 언니 물고기는 일반적인 물고기랑 다르게 좀 특이하니까 어쩌면 일주일까지…."

순간, 예림의 핸드폰에서 가벼운 알람 소리가 울렸다. 예림은 말을 멈추고 핸드폰을 잠깐 내려다보았다. 곧 예림이 엄지 손가락으로 어두운 핸드폰 화면을 가볍게 밀어 알람을 끄는 것이 보였다. 예림이 다시 은진을 쳐다보며 담담한 목소리로 말을 이었다.

"…일주일까지. 버틸 수 있을지도 모르죠. 저, 죄송한데 슬슬 가봐야 할 것 같아서… 집에 내려가기 전에 또 들러야 할 데가 있거든요."

"아, 네. 그러세요. 저도, 가야겠다 싶었어요. …그, 언니한테는 제가 잘 받았다고 연락해 둘게요."

"맞다, 그거 컵, 안에서 막 흔들려서 잘못하면 엎어질 것 같던데 조심하세요."

"…네, 조심할게요."

은진의 대답에 고개를 가볍게 까딱인 예림은 곧 자신의 캐리어를 끌고 뒤를 돌았다. 저벅저벅 하는 예림의 흰색 플랫 슈즈 소리가 사람들의 소리에 섞여 희미해졌다. 뒤 한 번 다시 돌아보지 않고 걸음을 옮기는, 검은 가죽 재킷을 입은 예림의 뒷모습이 터미널 저편의 코너를 돌아나가 더 이상 시야에서 보이지 않게 되고 나서야, 은진은 걸음을 뗄 수 있었다. 자신의 무례한 행동을 지적 받은 것도 아니고, 예림이 자신을 존중하지 않으면서 대화를 한 것도 아니었는데, 이상한 불쾌감이 느껴졌다. 방금 전의 짧은 대화에서 잘못한 사람을 굳이 따지자면 자신이 되겠지만, 은진은 괜히 엄청난 모욕을 받은 것만 같은 느낌이 들었다.

조금 있으면 버스가 올 것 같은데. 은진이 검은 비닐봉투 손잡이를 왼손에 끼우고는 걸음을 옮겼다. 오늘따라 유난히 터미널 안이 답답하게 느껴졌다. 사람들이 한창 놀러 다닐 만한 한여름이라 그런 걸까? 은진은 집으로 가는 버스를 타기 위해 터미널 안의 에스컬레이터로 걸음을 옮겼다. 은진이 한 걸음 디딜 때마다 플라스틱 잔을 품고 있는 비닐이 사부작거리는 소리가 들렸다.

오른손으로 핸드폰을 꺼내 시간을 보니 곧 버스가 도착할 시간이었다. 이번 버스를 놓치면 이 더운 날씨에 이십 분을 땡볕에서 더 기다려야 하기에, 은진의 마음이 급해졌다. 핸드폰을 바지 주머니에 쑤셔 넣고서, 은진은 제가 서 있던 에스컬레이터 칸이 위층에 도착하자마자 빠르게 발을 움직였다. 이리저리 사람들 사이를 끼어들면서 은진은 제일 꼭대기에 있을, 사방이 탁 트여 있고 햇빛을 제대로 막지 못하는 얇은 지붕만 있는 정류장으로 향했다.

이미 버스 정류장에는 여러 사람들이 한 줄로 서서 버스를 기다리고 있었다. 하늘색 반팔 티셔츠에 밝은 베이지색 반바지를 맞춰 입고 나란히 서 있는 어떤 커플, 교복을 갖춰 입은 채 시험도 막 끝났으니 이제는 함께 놀자며 몰려다니는 어떤 중학생 무리들, 검은색으로 위아래를 맞춰 입다 못해 검은색 헤드폰도 목에 걸치고 있던 어떤 남자, 풀이 죽은 대파와 양파 등을 올려 둔 유모차에 기대어 선 어떤 할머니, 챙 넓은 모자와 선글라스 그리고 선명한 주황색과 녹색과 같은 단색의 등산복을 입고 전화하고 있는 어떤 아저씨.

은진은 제가 타야 할 버스를 기다리는 사람들이 생각보다 이미 많다는 것에 조급해져서는, 등에 맨 제 가방의 무게도 순간 잊고 달리기 시작했다. 저 멀리 초록색과 하얀색이 섞인 버스가 가까워지는 게 보였다. 어쩌면, 빨리 달리면 자신까지 탈 수 있을지도 몰랐다. 이 땡볕에서 가만히 다음 버스를 기다리기보다는, 지금 힘들더라도 일단은 정류장에 달려가서 버스를 타는 것이 맞다는 생각이 머릿속을 가득 채웠다. 자신을 따라오던 어떤 여자도 은진이 뛰는 것에 마음이 같이 급해진 것인지, 아니면 점점 가까워지는 버스를 보고 반가워진 탓인지 어깨에 메고 있던 에코백 입구를 잡고 뛰기 시작한 것이 느껴졌다.

  에코백을 멘 여자가 은진 옆으로 뛰쳐나가는 게 눈에 보였다. 은진은 분명 자신이 중학교 운동회 때 계주로 나갈 정도로 빨랐는데도, 왜 뒤처지나 하는 생각이 들었다. 그러다 지금 자신이 등에 메고 있는 가방에 화장품이니 옷이니, 남은 간식거리니 그런 것들이 가득 들어 있는 탓에 무거워 잘 뛰지 못한다는 것을 알고는 약간 짜증이 났다. 이럴 줄 알았으면, 먹다 남은 과자는 숙소에 좀 버리고 올 걸 그랬어. 그런 고민을 하면서도 은진은 더 이상 뒤처지지 않으려 양손으로 가방 끈을 잡아 덜 흔들리게 만들고는 남은 이십 미터를 뛰는 데에 집중했다. 외부와 연결된 일자형 복도로 들어가서 투명한 유리문까지 오 미터, 삼 미터, 그리고 순간 자신의 앞에 뛰어가던 여자가 바닥으로 넘어지는 것이 보였다. 곧 막 유리문을 열고 정류장 안으로 들어오던 한 아주머니가 "어머, 아가씨, 괜찮아요?" 하는 소리가 이어졌다. 발목을 부여

잡은 채 바닥에 주저앉은 여자 곁에 서 있는 아주머니는 걱정스러운 얼굴로 여자에게 괜찮냐며 물어보았고, 여자는 그런 아주머니에게 괜찮으니 신경 쓰지 말라며 발목을 주무르고 있었다. 그리고, 그 모습을 본 은진은 순간 뛰던 것을 멈추었다.

은진의 발목을 순간 잡았던 것은 모르는 여자가 발목을 갑작스럽게 다치게 된 것에 대한 걱정일 수도 있었을 테지만, 그 순간 진짜로 은진을 멈추었던 것은 혹시라도 저 여자처럼 자신도 넘어질 수 있으니 거리가 가까워진 지금은 조금 느리게 걸을까 하는 생각이었다. 그 사실을 깨달은 은진은 순간 자신이 너무 이기적으로 생각한 것일까 하고 고민했다. 곧 그 생각은 버스가 저 멀리 정류장에 막 서는 것을 본 은진이 다시 빠르게 발을 움직이는 것을 따라 저 뒤로 멀어졌다. 애초에 넘어진 저 여자도 자신을 제치고서 버스에 타려고 욕심을 부리다가 넘어진 것이니까 다친 것에 책임은 온전히 저 여자에게만 있는 것이다. 오로지 자신의 선택으로 한 일에는 자신의 책임만이 있는 법이니까 자신에게는 아무런 잘못이 없다고 결론을 내린 은진은 사람들이 길게 서 있는 줄 뒤에

도착하고 나서 숨을 골랐다.

 그렇게 먼 거리는 아니었지만, 꽤 무거운 가방을 메고 뛰어오다 보니 여름 날씨가 무덥구나 하는 생각이 다시금 들었다. 버스에 오르고 나서야 안심한 은진이 안쪽 난간이 있는 곳으로 가서 몸을 기댔다. 짐으로 찬 가방이 푹신한 덕에 난간에 기대어도 등이 덜 배긴다는 사실을 알아차린 은진이 작게 숨을 내뱉었다. 일곱 정류장 정도만 가면 되니 서서 가는 것도 나름 괜찮겠다는 생각을 하던 은진은 문득 제 왼쪽 손목에 여전히 끼워져 있는 검은색 비닐봉투 손잡이를 쳐다보았다. 무언가 잘못된 것 같은, 이상한 느낌이 들었기 때문이었다.

 검은색 비닐봉투 겉면은 이전보다 울퉁불퉁했고, 물 냄새도 조금 더 짙어진 듯했다. 은진이 비닐봉투 틈새로 안을 들여다보았다. 테이프가 잔뜩 붙어 있던 뚜껑과 플라스틱 잔 몸체가 분리되어서는 안에 든 물이 비닐봉지 안에서 엎어진 꼴이었다. 아까 뛰다가 컵이 엎어진 건가 싶어 다급히 비닐봉지를 벌리려던 은진의 손이 멈췄다. 은진은 가만히 봉투 안을 바라보았다. 너덜너덜한 지느러미가 느리게 살랑거리고, 두꺼운 비늘들이 한데 엮여져 유선형의 덩어리가, 거기 있었다. 은진은 그런 모습의 물고기를 살면서 본 적이 없었다. 은진이 원래 알고 있는 물고기들의 생김새를 되짚어 봐도, 저렇게 괴물 같이 생겼던 것은 없었다. 그건 물고기보다는, 껍데기를 뒤집어쓴 하얀색 해파리 같았다. 그 정도로, 그 물고기의 생김새는 기괴했다. 투명한 물속에서 자신을 조용히 올려다보고 있는 작은 두 개의 검은 눈을 마주한 순간, 은진은 생각했다. 저 괴상하게 생긴 게 지금 나를 탓하고 있는 건가? 은진은 그대로 비닐봉투의 입구를 여몄다. 비닐봉투가 벌어져서 그 안에 든 것을 다른 사람들이 보지 못하도록. 은진은 단단히 입구를 여몄다.

 섬뜩한 기분과 무거운 죄책감이 은진의 온몸으로 퍼져 나갔다. 비닐봉투 안에 갇혀 있는 물고기의 괴상한 외형에서 오는 혐오감 때문인지. 아니면⋯ 이 괴상한 물고기에게 느끼는 죄책감 때문인지. 그것도 아니면, 아까 자신이 괜히 퉁명스럽게 대했던 예림에게 미안해서 그런 것인지. 지금 자신이 느끼는 이 혼란스러운 감정이 무엇을 원인으로 생겨났는지, 은진은 알 수 없었다. 은진은 그냥 빨리 집으로 돌아가고 싶었다. 가장 익숙하고 편안한 장소로 돌아가 이 감정을 가라 앉히고 싶었다. 집에 들어가고 나면, 가장 먼저 봉투를 던져 두고 씻고 싶었다. 그래, 날이 덥고, 몇 가지 일들이 있었으니까… 은진은 샤워가 하고 싶어졌다. 순간 생각을 멈출 정도로 시원한, 아니, 차가운 물이 필요했다. 그 싸늘한 냉기가 머리부터 발끝까지 끈적하게 달라붙어 있는 이 감정을 씻겨 내 주었으면 했다. 봉투 입구를 붙잡고 있는 은진의 손에 조금 더, 힘이 들어갔다.

* * *

오늘따라 집으로 돌아가는 지택의 발걸음은 유난히도 가벼웠다. 회사에서 일이 잘 풀린 것도 어느 정도 그 이유가 되겠지만, 가장 큰 이유는 몇 달 전, 말도 없이 집을 나갔던 첫째 딸이 돌아오기로 마음을 굳혔다는 말을 막 들었기 때문이었다.

"아, 그럼 은영이가 내일 모레에 온다는 거지? 그날이… 금요일인가?"

"아니, 토요일. 언제 올지는 모르는데, 그래도 그날에 꼭 집에 들어올 거래."

"어어, 그렇구나. 토요일에…."

지택은 퇴근 버스에서 내려 집으로 걸음을 옮기며 전화 너머의 윤영에게 대답했다. 속으로 지택이 조용히 날짜를 셌다. 한 삼 개월 정도 됐나? 은영이 나갔던 게. 처음에 말 한 마디 없이 짐을 싸서 나갔다는 말을 듣고 얼마나 놀랐는지. 그날도 지택은 일 때문에 늦게 집에 들어왔고, 다시 아침 일찍 회사로 나가야 했다. 결국 은영의 부재를 깨달은 것은 하루 뒤였다.

"…은영이가 연락이 안 돼? 그게 무슨 소리야?"

"어제 아침에, 말없이 나갔는데 애가 연락이 안 돼. 전화도 안 받고… 짐은 조금 갖고 나갔는데, 몰라. 은영이가 당신한테 뭐 말한 거 없어?"

"아니, 연락은… 안 왔는데. 한 번 해볼까?"

"당연히 해봐야지, 연락되면 어딘지 좀 물어보고… 당신은 걱정도 안 돼? 애랑 연락이 안 되는데?"

걱정이 되지 않을 리가 없었다. 오히려 더욱 걱정이 되었다. 어렸을 적부터 은영은 지택에게 있어서 남부럽지 않은 딸이었다. 큰 사건사고를 일으키지도 않았을 뿐더러, 공부도 못하지 않다 보니 어디 사람들끼리 모일 때마다 지택은 은근히 은영의 덕에 기가 살고는 했다. 회사 동료들끼리 모여 이야기를 나눌 때, 제 자식들이 어디 대학을 갔니 마니 하며 걱정을 털어놓을 때 지택은 그저 옅게 미소를 지으며 관망하고 있을 뿐이었다. 그러다 자신의 차례가 되면, 지택은 은영이 고등학교를 졸업하면서 무슨 장학금을 받았다는데 잘 모르겠다던가, 서울 쪽 대학은 역시 학비가 비싸더라 하는 말들을 꺼냈다. 자식 자랑을 방금 전까지 그리도 열렬히 입에 올리던 이들이 슬쩍 다른 대화 주제를 바꾸는 것에서 지택은 은근한 만족감을 느꼈다.

  은영은 그렇게 어디 나가서 자랑할 만한 딸이었다. 이렇게 말도 없이 나가 부모 속을 썩이는 류의 딸이 아니라. 그래서, 지택은 은영이 집을 나간 지 사흘 동안 속으로 계속 경찰에 실종 신고를 해야 한다고 생각했다. 마침 사흘째 되던 날에 은영의 소식을 전해 듣지 못했더라면, 지택은 분명 집에 와서 신고를 했을 것이었다.

"은영이, 기숙사 들어갔다더라. 이제는… 걱정 좀 놔도 괜찮을 것 같아."

"…기숙사에? 다행이네. 그런데, 무슨 돈으로 은영이가 기숙사에 들어가?"

과외인지, 학원인지 무슨 알바를 한다고 전에 은영이 직접 말해준 것 같기도 했지만, 지택은 영 정확하게 기억이 나지 않았다. 요즘 들어 전과 달리, 이렇게 기억이 깜빡거리는 빈도가 늘었다. 그럴 때마다, 은영이 제게 "아빠, 아빠는 나한테 관심이 없는 거야? 아니면 일부러 모른 척하는 거야?" 하고 쏘아붙이던 것이 떠올랐다. 그렇지만, 지택은 정말이지 기억나지 않았다. 아니, 애초에 은영이 제게 직접 알바를 한다고 말을 해준 것이 맞는지도 긴가민가했다. 어쩌면 은영이 아니라, 윤영에게 전해들은 것일지도 몰랐다.

은영이 초등학교에 들어간 뒤로, 지택이 은영과 함께할 수 있는 시간은 확 줄었다. 평일의 저녁, 주말, 그리고 가끔의 휴일을 빼면 얼굴을 볼 틈도 없었다. 은영이 자랄수록, 그렇게 함께할 수 있는 시간은 줄어들기만 하고 늘어날 생각을 하지 않았다. 지택이 바빠지는 만큼, 은영도 바빠졌기 때문에 어쩔 수 없는 일이었다. 슬픈 일이었다. 가족을 위해 돈을 버는 것이 모든 일의 시작이었던 것 같은데, 무언가 잘못된 채로 너무 멀리 나온 것만 같았다.

　자신이 기억하는 어린 은영의 모습들은 하나둘 사라지고 있었다. 더 이상 은영은 식물이나 동물을 하나 뭐라도 키우자며 떼를 쓰지도 않았고, 새로운 사람을 만나야 한다는 것에 겁먹고 제 뒤로 숨지도 않았다. 은영은 이제 무언가를 키우는 것이 얼마나 많은 책임감을 기울여야 하는지 안다며 지택이 작은 화분을 어디서 선물 받아 올 때마다 인상을 찌푸렸다. 은영은 모르는 어른들을 만나는 자리에 나가서도 적당한 미소를 지으며 순하게 잘 대답도 하곤 했다. 그런 변화들을 알아차릴 때마다, 지택은 뿌듯함과 함께 묘한 울적함을 느꼈다. 어느새 이십대가 된 은영은 가끔 지택이 알지 못하는 이야기를 했다. 그건 지택이 잊어버린 기억일 때도 있었지만, 때로는 지택이 정말로 알지 못하는 이야기일 때도 있었다. 그걸 구분하는 것은 지택의 몫이었다. 그래서 이번에도 지택은 말을 꺼내 직접 확인해야 했다.

　"그… 고등학교 후배한테 과외 해주면서 돈을 그렇게 벌었어, 은영이가? 달에 삼십쯤 받는다고 하지 않았어? 그걸로 기숙사비 내기에는… 모자라지 않나?"

지택이 의아하다는 투로 묻자 윤영이 미간을 좁히며 조금 더 날카로운 듯한 목소리로 대답했다.

"그건 방학 때만 하는 거였다니까. 은영이가 얘기해 줬었잖아. 걔 말고 은영이 친구가 소개해 준 학원에서 보조 강사 알바 한 거랑, 그 학교 조교 같은 거로 번 거에다 통장 안의 돈 좀 빼서 들어갔대."

"…조교? 은영이가 조교였어? 그건 못 들었는데…."

"학교 조교 됐다는 것도 얘기해 줬잖아. 왜, 똑같은 걸 계속 물어보고 그래?"

"아니, 나는 지금 처음 듣는 말인데? …언제 얘기했는데, 은영이가?"

"저번에! 저번에, 셋이서 같이 저녁 먹었을 때, 은영이가 얘기했었잖아. 그 왜 감자튀김 말고 새우튀김이랑 같이 스테이크 나오는 양식집. 당신이 처음에 갔을 때는 좋다 해놓고서, 다음번에 갔을 때는 맛없다고 했다고 내가 얘기한 데. 거기서 나랑 은영이랑 같이 밥 먹었던 날 있잖아."

"…어디? 난 거기 안 간 것 같은데. 당신이랑 은영이, 둘이서만 간 거 아니야?"

"아니야! 왜 또 기억 못하는 척하고 그래? 대체 당신이란 사람은 사람 말을 제대로 듣지도 않고!"

윤영이 어이가 없다는 듯한 얼굴을 하고 지택을 보았다. 지택은 윤영의 그 시선이 싫었다. 자신이 생각하지 않고 행동하는 사람인 것마냥 타박하는 시선. 마치 난생 처음 보는 생물체를 마주한 듯, 도무지 이해할 수가 없다는 듯한 시선. 그 시선이 얼마나 지택의 속을 긁어 놓는지, 윤영은 몰랐다. 그렇지만, 지택은 그것으로 윤영에게 화를 내고 싶지는 않았다. 별것도 아닌 것으로 사람 사이의 관계가 어색해지는 것을 지택은 바라지 않았다. 그래서 지택은 정말로 모른다고 말하는 것보다는, 고개를 대강 끄덕이며 "아, 거기" 하고 엉성하게 대답을 하곤 했다. 윤영과 제 두 딸은 오히려 그런 행동이 더 배려가 없는 것이라고 불만스럽게 말하곤 했다. 그렇지만, 지택은 굳이 정말로 기억이 나지 않는다며 목소리를 높이는 상황을 만들고 싶지 않았다. 그것은 단순히 시끄러운 것을 좋아하지 않는다는 지택의 기호 문제라기보다, 오래

전부터 몸에 밴 책임감 때문이었다. 가족이라는 작은 집단이 흩어지지 않도록 붙잡고 있어야 한다는 가장으로서의 책임감. 그건 지택에게 있어서 단순한 의무 이상의, 어떠한 신념과도 같은 것이었다.

지택은 그 책임감이란 게 자신에게 있어서 얼마나 중요한 것인지를 잘 알고 있었다. 지택이 지금 같이 괜찮은 가정을 꾸릴 수 있도록 해준 것이 책임감이라고 해도 무방할 정도였기 때문이었다. 스무 살이 되자마자 마주하게 된 어머니와 아버지의 공백은, 지택과 지택의 동생들에게 상당히 크게 다가왔다. 제 위로는 둘, 제 아래로는 둘. 지택은 다섯 남매의 셋째였다. 그래서, 지택은 동생의 역할도, 형과 오빠의 역할도 모두 공평하게 해야 했다. 요컨대, 지택은 다섯 남매의 사이가 틀어지지 않게 중간에서 중심 잡는 역할을 맡은 것이었다. 그렇게 살아가는 것이 결코 쉽다거나 수월하다고 생각한 적은 없었다. 그래도 막내 동생까지 성인이 되어 괜찮은 직장에 자리를 잡고 나니, 지택은 자신이 제법 훌륭히 그 역할을 해냈다는 자부심을 느꼈다. 동시에, 가족이라는 관계가 작은 말실수나 행동으로 완전히 틀어질 수 있으니 신중해야 한다는 것도 잘 알게 되었다.

그렇기에, 지택은 가장으로서 큰 싸움으로 번지지 않게 중간에서 막아야 한다는 책임감을 놓을 수가 없었다. 윤영과 결혼한 지 몇 십 년이 지나고 나서도, 은영이 대학교에 입학하고 나서도, 은진이 성인이 되고 나서도, 그리고 윤영과 은영이 다투고 나서 은영이 집을 나간 상황에서도. 여전히 지택은 가장으로서 이 집안의 안전과 평화를 온전히 붙들고 있어야 한다는 생각을 내려놓을 수 없었다.

물론, 지택은 언제까지나 자신과 윤영, 그리고 은영과 은진이 함께할 것이라고 생각하지는 않았다. 아직은 어려 보이는 은영과 은진도 언젠가는 더 자라, 새로운 사람을 만나거나 독립해 나가 살 것일 테니까. 그렇게, 시원섭섭한 단계를 언젠가는 자신도 남들이 그러하듯 밟으리라는 생각을 지택도 당연히 하고 있었다. 그렇지만, 은영이 예고도 없이 갑자기 집을 나가는 것은 생각지도 못했다. 그것도, 멀리 떠나 버려서 연락도 하지 않고, 다시는 이곳으로 돌아오지 않을 사람이라도 된 것 마냥 굴 것이라고는 더더욱 생각한 적이 없었다.

그래서 지택은 자신이 그 상황에 있지 않았기 때문에 이 모든 일이 발생한 것 같았다. 윤영은 예민하고, 은영은 무덤덤하니까. 자신이 있었더라면, 상황이 이렇게까지 극단적으로 흘러가지는 않았으리라는 생각이 계속해서 들었다. 그렇게 생각하다 보니, 죄책감보다는 이상한 불만이 생겨났다. 그래도 윤영이 너무 심하게 말한 것이 아닌가 싶었다. 얼마나 심하게 뭐라고 했으면 그 착하던 은영이 집을 다 나가고 그러나 싶었다. 작은 불씨가 바람에 몸을 부풀리듯, 지택도 순간 짜증이 나서 저를 몰아붙이던 윤영에게 소리쳤었다.

"왜 그러는데, 갑자기! 정말로 안 간 것 같다니까! 당신은 뭐만 하면 그렇게 사납게 말을 하고 그래?"

"뭐? 지금 말 다 했어?"

"그래, 말 다했어. 정말… 당신이 이러니까, 은영이도 집을 나간 거 아니야!"

그 말을 뱉으면서, 지택은 자신도 모르게 수습할 수 없을 정도로 큰 실수를 해버렸다고 생각했다. 멋대로 움직인 입이 뱉은 말은 날카로운 칼처럼 윤영의 마음을 찢어 버리기에 충분했다. 지택은 순간 짜증이 났다는 사실도 잊고 오른손을 올려 제 아래턱을 감쌌다. 미약하게 손이 떨리는 것이 느껴졌다. 그리고, 제 앞에 있던 윤영도 떨고 있는 것이 보였다. 지택은 입을 열어 실수했다고, 말이 심했다고 말해야 할까 고민했다. 하지만, 그 고민하는 짧은 순간 사이에 윤영은 눈가가 붉어져서는 벌떡 자리에서 일어나 안방으로 홀로 들어갔다. 이어서 안방 문이 굳게 닫히는 소리가 들렸다. 안방 문 아래쪽의 틈으로 나이 든 여자의 작은 흐느낌이 새어나오자, 거실은 무겁게 가라앉았다. 지택은 아래턱을 감싸고 있던 손을 조금 위로 더 올려서는 눈가를 감쌌다. 손바닥 가운데 부분이 정체 모를 액체로 느리게 젖은 것 같이 느껴졌다. 지택은 아랫입술을 살짝 짓씹으며 중얼거렸다.

"내가 왜 그랬지…."

가장으로서 반드시 해내야 할 일을, 스스로 망쳐 버린 기분이었다. 윤영에게 사과를 해야 한다는 것을 알면서도 왜 순간 망설였는지, 지택은 자신의 행동을 이해할 수 없었다. 죄책감에 스스로가 무너지지 않기 위해서 그렇게 했던 걸까. 그렇다면, 그 죄책감은 어디서 비롯된 걸까. 첫째 딸의 고충을 미처 몰랐던 탓일까, 아니면 자책하는 아내의 마음에 더 깊은 상처를 남긴 탓일까. 확실한 건, 이 순간 지택은 죄책감의 무게에 짓눌리고 있다는 사실이었다. 지금까지 그토록 지키려 했던 '가장'의 책임이, 지금은 지택을 옭아매는 죄책감으로 변해 있었다. 문득 윤영의 말이 떠올랐다.

"당신은 매번 꼭, 아무것도 모르는 사람처럼 굴어."

언제, 어디서 들었던 말인지 정확히 기억나지 않았다. 모를 리가 없는데, 왜 기억이 나지 않을까. 지택은 윤영이 정말로 자신에게 그 말을 한 것이 맞는지도 헷갈렸다. 자신의 기억은 언제나 조금씩 부족한 부분이 있었으니까. 갈색 소파에 기대어 지택은 생각에 잠겼다. 윤영에게 저 말을 들었을 때, 어떤 상황이었는지를 하나씩 되짚어 나갔다. 막 해가 져서 밖이 어두워졌던 것이 창문으로 보였다. 집은 아니었다. 붉은색의 벽돌 벽이 인상적이었던 식당이었던 것 같았다. 윤영뿐만 아니라 옆 자리에 은영도 있었던 게 떠올랐다. 하얀색 식탁보가 깔려 있는 테이블 위에 무슨 음식이 있었더라. 투명한 물컵 세 개와, 분홍색 피클이 있었다. 그래, 그리고⋯ 순간 지택은 머릿속에 떠오른 이미지에 꽉 다문 턱에 힘이 들어가는 것을 느꼈다. 그 테이블 가운데에 스테이크 접시가 있었다. 감자튀김이 아니라 새우튀김이 곁들여진 스테이크 접시가.

 그렇게 윤영과 지택이 한동안 서로 무슨 말을 하지 않고 어색한 분위기 속에 지내던 것이 지난 세 달 동안의 일이었다. 무슨 일이 있었는지를 모르는 은진도 그 사이에서 눈치를 보며 조용히 자기 할 일만 하고 혼자 방으로 들어가기만 하니, 집안 분위기는 더욱 어두워질 뿐이었다. 그런데, 마침내 은영이 돌아오기로 마음을 먹었다니. 지택은 기쁘지 않을 수가 없었다. 윤영도 묵은 감정을 버리고 한결 나아진 목소리로 전화를 걸어 와서 지택은 안심했다. 그래, 이렇게 다시 돌아가면 됐다. 이전처럼, 서로를 잘 아껴 주는 가족으로 돌아가면 된다 하고 지택이 생각하며 전화 너머로 들려오는 목소리에 지택은 성실하게 답을 했다.
 "그래도, 은영이가 돌아오기로 마음먹어서 다행이네. 그럼 뭐, 그날… 가족끼리 모여서 밥이라도 오랜만에 한 번 먹을까?"
 "응… 나쁘지 않지. 밖에서 밥 먹는 것도… 그래, 당신 시간 괜찮으면 그렇게 하자."

"그래. 음… 그, 은영이 기숙사에서 집 오는 거면, 무슨 짐 같은 거 챙길 거 없나? 내가 가서 태워 오면 은영이도 편할 거 같은데."

"안 그래도 될 것 같아. 자기가 캐리어 그냥 가지고 온다더라고… 아, 은진이가 오늘 은영이 룸메이트한테 물고기를 받아 왔거든. 기숙사에서 키우던 거."

"은영이가? 물고기를 키웠다고? 신기하네, 그거… 싫어하지 않았던가?"

"나도 그런 줄 알았는데, 아니었나 봐. 은진이가 가져왔는데… 좀 징그럽게 생겼더라고. 생긴 게. 키운다고 하면 뭐 다른 것도 많은데 왜 이런 걸 키우나 싶기도 하고…."

"…그래? 의외네, 그거…."

"그, 플라스틱 컵 안에 넣어서 들고 왔는데, 엎어져서 그대로 놔뒀어. 당신 혹시 예전에 쓰던 어항 어디다 뒀는지 알아? 기억이 안 나서."

"아, 어항. 그거…."

윤영이 말하는 어항은 막 은진이 태어났을 때에 맞추어 샀던 것이었다. 언젠가 어린 아이들이 직접 동물을 기르는 것이 좋다고 들었던 적이 있었다. 그걸 기억하고 있었던 젊은 날의 윤영과 지택은 그래서 그나마 키우기 편하고, 조용한 물고기를 기르기로 했다. 그래서, 마트 수족관에서 축구공보다 조금 작은 크기의 둥근 어항을 하나 사 집에 들여 놨다. 처음으로 사서 길렀던 것은 주황색 금붕어 두 마리였다. 막 글을 잘 읽을 수 있게 된 은영이 나나와 미미라고 정성스럽게 이름을 지어 주었던 게 생각났다. 들인 정성이 아깝게 그 금붕어 두 마리는 오래 살지 못했다. 물속에 잠겨 사는 조용한 동물인 물고기들은, 자신이 죽어 갈 때조차 입을 열지 않았다. 그래서, 지택은 왜 그 금붕어 두 마리가 동시에 죽었는지 묻는 은영에게 아무 말도 못하고 그냥 원래부터 몸이 좋지 않아서 그렇다며 얼버무렸다.

그렇게 어항의 첫 번째 주인들이 죽었지만, 그 어항이 버려지는 일은 없었다. 그 후로 몇 달이 지나서, 그 어항은 은진이 유치원에서 받아 온 달팽이의 집이 되었다. 몇 년이 지나서는 은영이 초등학교에서 어떻게 받아 온 파란색 베타의 집이 되기도 했다. 그리고 마지막으로 그 안에서 살던 구피 몇 마리가 모두 죽기 전까지, 어항은 언제나 집의 거실 탁상 위 같은 자리에 놓여 있었다. 다른 낡은 가구들의 위치가 이리저리 바뀌는 와중에도 변함없이 어항은 새로운 입주민을 안에 품고서 탁상 위 오른쪽 구석에 놓여 있었다.

구피들이 죽고, 두 딸들이 동물 키우는 것에 대한 흥미를 잃고 그러기에 쓸 시간도 부족해지기 시작했을 때, 비로소 어항은 창고의 짐들 사이로 옮겨졌다. 그게 거의 오 년 전 일이었다. 서너 번 그 사이에 대청소를 하면서도, 어항을 버린 기억은 없었다. 지택이 생각하기에 언젠가는 그것이 다시 필요하리라 싶었기 때문이었다. 하지만, 어항의 위치를 말로 설명하기에는 창고의 모습이 명확하게 떠오르지 않아, 지택은 집으로 발걸음을 재촉하며 대답했다.

"…내가 찾아볼게. 그거. 아마 버리지는 않았을 거야. 집에 거의 다 왔으니까. 나."

"알았어, 그럼. 당신이 와서 어항 좀 찾고 그 물고기 좀 어항 안으로 옮겨 놓을 수 있어?"

"그래, 그 정도야 뭐… 어려운 일도 아니니까."

"응, 알았어. 집에서 봐."

곧 윤영의 목소리 대신에 짧은 통화 종료음이 들렸다. 어느새 아파트 현관에 도착한 지택은 주머니에 핸드폰을 넣었다. 오랜만에 창고를 뒤져야 한다는 것이 조금 걱정되기는 했으나, 은영이가 특별히 먼저 보낸 것이니 그래도 정성껏 보살펴야겠다는 생각이 들었다. 몇 번 이미 물고기를 전에 키워 봤으니, 그리 어려울 것도 없을 것이라고 지택은 생각을 했었다. 그 괴상하다던 물고기를 직접 두 눈으로 보기 전까지는 말이다.

지택은 검은색 비닐봉투 안에 든 물고기를 보고 무척이나 당혹스러웠다. 이게 물고기라고? 지택은 지금까지 봤던 모든 물고기들의 생김새들을 떠올려 보았다. 그렇지만, 곳곳에 빠지다 만 하얀 비늘이 매달려 있는 몸뚱아리에 툭 튀어나온 검은색의 눈을 가진 물고기의 생김새는 너무 징그러웠다. 웬만한 것들에도 비위가 상하지 않는 지택이었지만, 묘하게 그 물고기의 생김새는 섬뜩하게 다가왔다. 지택은 둥근 어항에 물을 받으며 옆에 놓인 검은 비닐봉투 안의 괴상한 물고기를 힐끔거렸다. 너덜너덜한 물고기, 예쁘장하지도 않은 그 물고기를 왜 은영이 굳이 키운 것인지 이해가 되지 않았다. 은영은 저 물고기를 보고 무슨 동정심이라도 들었던 것일까? 곧 적당히 물이 들어찬 어항 입구에 지택은 물고기가 든 비닐봉투를 잡고 기울였다. 퐁당 하는 소리와 함께 투명하고 둥근 어항 속에, 그 괴상한 물고기의 모습이 가득 찼다.

조용히 물속에서 너덜거리는 지느러미를 가진 채로 떠 있는 물고기를 지택은 바라보았다. 회백색의 왼쪽 지느러미와 허연 몸통 사이 부분에 분홍빛의 무언가가 보였다. 처음에 지택은 그것이 병든 물고기라면 하나쯤은 가지고 있을 법한 종양일 것이라 생각했다. 아니면, 적어도 종양이 떨어져 나가고 남은 흔적이거나. 그렇지만, 그것은 오래된 껍질을 버티다 못해 밖으로 잘못 튀어나온 살덩어리와 관련되었다고 보기에는 흉측하지 않았다. 괴상한 조각상처럼 움직이지 않고 제자리에 멈춰 있는 흰색 물고기에서 그 선명한 분홍빛 흔적은 오히려 시선을 끄는 구석이 있다. 당장이라도 물 위로 동동 떠올라도 놀랍지 않을 정도로 생기 없는 물고기가 살아 있음을, 그 무엇보다도 생생히 보여주는 흔적 같이 보이기도 했다. 그래, 괴상하게 생기기는 했어도 이건 물고기다. 물 아래에서 조용히 숨을 쉬며 사는 연약한 생물에 불과하니 겁을 먹을 이유가 없었다. 지택은 그렇게 마음을 정리하며 원래 물고기가 들어 있던 비닐봉지를 뒤집어 들어 있던 물들을 흘려 버렸다. 은색 거름망 위로 작은 흰색의 무언가가 빠르게 떨어져 배수구 틈으로 떨어지는 것이 순간 지택의 눈에 띄었다.

비늘이 떨어져 나가 몸통 부분의 살이 드러난 건가. 그렇다면, 저 붉은색 부분은 가장 연약한 상처일 것이다. 익숙하지 않은 수돗물이 저 상처를 비집고 물고기의 안으로 파고들겠지. 저 작은 생명 안에도 심장이 있을 테니, 수돗물은 얇은 물고기의 혈관을 타고 저것의 심장까지 올라갈 것이다. 그리고, 결국 멀쩡히 살아가던 것의 따뜻한 심장을 차가운 물로 채울 것이다. 작은 심장이 쿵쿵 뛸 때마다 차가운 기운에 몸부림치다가 저 작은 몸은 결국 이유도 모르고 한 여름에 얼어 죽어 버릴 것이었다. 비늘이 떨어져 나간 저 상처 때문에. 하얀색 종이 위에 한 방울 떨어진 붉은 물감처럼 사소하지만 끔찍한, 저 상처 때문에. 저 상처가 벌어지고, 살을 헤집어, 혈관을 뚫고… 자연스레 이어지던 잔인한 상상에 순간 지택은 미간을 찌푸렸다. 쓸데없이 과했다. 그렇게 속으로 중얼거린 지택은 고개를 가볍게 내저어 생각을 쫓아냈다. 쓸데없는 생각을 하기에는 지택은 아직 끝마쳐야 하는 일이 있었다. 물이 튀어 젖은 손을 욕실 수건을 닦아내고서, 지택은 어항을 양손으로 잡아들었다.

  어항을 들고 욕실에서 나온 지택은 거실의 소파 건너편 벽에 붙여 둔 탁상 앞으로 향했다. 그리고, 둥근 어항을 탁상 위에 조심스럽게 내려놓았다. 투명한 물과 유리는 징그러운 물고기의 모습을 숨기는 부분 하나 없이 드러내고 있었다. 탁상 앞에 서서 어항을 내려다보던 지택의 뒤로 은진이 다가왔다. 방금 막 씻고 나왔는지, 은진의 긴 검은색 머리는 축축하게 젖어서 등 뒤로 늘어져 있었다. 은진이 지택의 곁에 서서 입을 열었다.

"아빠, 언니 진짜 이상하지 않아? 이런 징그러운 걸 사가지고… 진짜 어디서 사기라도 당해서 산 게 아니면 왜 샀는지 설명이 안 되는데. 이 물고기, 며칠 안 있다 그냥 죽을 것 같이 생기지 않았어?"

"그……."

 지택은 은진의 말에 그렇다고 말하기 위해 입을 열려고 했다. 은영이 키운다던 물고기의 생김새가 징그럽다는 것은 부정하기 어려운 것이었기에, 대답을 결정하는데 오랜 시간이 걸리지도 않았다. 그렇지만, 물고기가 몸을 돌려 자신을 올려다보며 눈을 맞추는 것에 말문이 막혔다. 물고기가 사람의 말을 알아들을 수 있을 리가 없다는 걸 알면서도, 지택은 함부로 입을 열기가 두려웠다. 마치 작은 아이처럼 자신을 가만히 올려다보는 물고기의 모습에서 지택은 순간 은영을 떠올렸다. 흉하게만 보이는 비늘들을 버리지 않고 꼭 붙잡고 있는 채로, 자신을 바라보고 있는 물고기. 자신에게 무엇이 잘못되기라도 했느냐 하고 물어보는 것 같은 검은 두 눈을 가진 물고기. 남들이 곧 죽겠다고 생각하든지 말든지 간에, 어디 하나 불편한 곳이 없는 듯 평온하게 둥근 어항 안에서 헤엄을 치는 물고기. 그 물고기는 은영을 닮았다. 은영도 그걸 내심 느끼고서, 이 물고기를 키웠던 걸까? 지택은 궁금해졌다.

 그때, 고요한 물 아래를 평화로이 돌아다니던 물고기의 몸통 옆면에서 흰색 비늘이 새로 하나 떨어지는 것이 보였다. 천천히 어항 바닥으로 가라앉는 비늘이 떨어져 나간 자리는 선명한 붉은색을 띄고 있었다. 아까 자신이 보았던 그 색보다 훨씬 더 선명하고 진한 붉은색이었다.

"으엑, 징그러. 안쪽 살 보인다."

평소에도 잔인한 것을 싫어하는 은진이 질색하며 자기 방으로 쏙 들어갔다. 홀로 남은 지택도 은진의 말을 듣고 괜히 거북한 기분이 들었다. 그래서, 지택도 물고기에 대해 신경을 끄기로 막 마음을 먹었던 참이었다. 그래, 일도 끝내고 돌아와 피곤하다 싶으니 잠깐 소파에 기대 앉아 쉬려고 했다. 그때 어항 바깥에 매달려 있던 물방울이 톡 하고 탁상 위로 떨어지는 것이 보였다. 손끝으로 문질러 닦아낸 물방울은 생각보다 싸늘했다. 물고기에게 이 온도가 괜찮을까 싶어, 지택이 다시 어항 속을 들여다보았다가 몸을 돌리려던 것을 멈추었다. 살아 있는 것이 맞나 싶을 정도로 가만히 물에 떠 있기만 하던 물고기가 어항 바닥 쪽으로 내려가 있었다. 그리고, 짤막한 주둥이로 자갈 위에 떨어진 비늘을 툭툭 건드려대고 있었다. 자갈보다는 연하고, 물보다는 선명한 하얀색의 비늘은 물고기가 건드릴 때마다 자갈 위를 뒹굴었다. 전까지 망부석처럼 멈춰 있던 것과 달리, 물고기는 몇 번이고 자신에게서 떨어져 나간 비늘을 쫓아다니고 있었다.

저렇게까지 활발할 수 있는 물고기였나 하고 지택은 속으로 감탄을 했다. 저런 모습을 보니 정말 살아 있는 물고기처럼 보였다. 인형이나, 조각처럼 죽어 있는 것이 아니라. 한참을 비늘을 쫓아다니던 물고기가 비늘에서 살짝 거리를 두고 가만히 바라보고 있는 장면이 눈에 들어왔다. 곧, 물고기는 다시 어항 바닥에서 조금 위로 올라와 가만히 떠 있었다. 지택은 그런 물고기를 가만히 바라보다가 먹이를 주어야 하나 싶은 생각이 들어 먹이 비닐봉지를 잡아 뜯었다. 갈색의 작고 동그란 덩어리들을 한 꼬집 집은 지택이 어항 위로 손을 뻗었다.

손이 가까워지자, 느리게 지느러미를 휘저어대던 물고기는 겁을 먹기는커녕 오히려 수면으로 가까이 올라왔다. 순간 지택은 자신도 모르게 먹이를 줄 생각도 하지 못하고 손을 급히 어항 위에서 거두었다. 방금 전까지 제 손이 있던 자리 바로 아래까지 헤엄쳐 올라온 흉측한 물고기의 외형이 눈에 확 들어왔기 때문이었다. 물고기는 여전히 징그럽게 생겼다. 아니, 가까이에서 보니 자주 볼수록 익숙해지는 것이 아니라 마주치기를 더욱 두렵게 만드는 생김새를 가진 물고기구나 하는 생각만 들었다.

지택은 언젠가 한 방송에서 패널들이 이야깃거리로 꺼냈던 상어를 떠올렸다. 정확하게는, 유리 탱크와 상어였다. 방부제 용액에 커다란 몸뚱이가 푹 절여진 채로 그 상어의 형상은 제 뇌 한쪽 구석에 박혀 있었다. 그리고 지금 그 상어의 형상이, 지금 자신을 똑바로 바라보고 있는 괴상한 물고기의 모습과 겹쳐 보였다. 역한 녹색의 방부제 속에서 썩어가던 그 커다란 유선형 덩어리에 달린 머리통이, 지금 이 둥근 어항 안에 들어 있었다.

물고기가 수면 밖으로 작은 주둥이를 내밀고서는 느리게 뻐끔거렸다. 물고기가 주둥이를 벌릴 때마다 보이는 동그랗고 작은 입 안은 온통 검은색이었다. 물먹은 솜처럼 부풀어 오른 둥근 몸체 겉을 감싸고 있는 탁한 흰색의 비늘들과 다르게, 그 작은 물고기의 내부는 어둡고 깊었다. 분명 손바닥 반도 안 되는 크기인데도, 지택은 한입에 그것에게 삼켜질 것 같은 느낌이 들었다. 마치 커다란 상어가 아가리를 크게 벌린 채로 자신의 손이 다시 가까이 오기를 기다리는 것을 정면으로 마주보고 있는 것 같았다.

묘하게 현실적인 상상으로부터 기인한 불쾌함이 지택의 가슴에서부터 시작해 혈관을 따라 온몸으로 퍼졌다. 만약 이 작은 물고기가 그냥 흉하게 생긴 물고기가 아니라 진짜 상어라면. 그것이 흉한 비늘을 뒤집어쓴 작은 몸을 가지고서, 자신을 어떻게 물어뜯을까 가만히 고민하는 중이라면. 무슨 선택을 해야 할까? 지택은 머릿속에 떠오른 생각에 아무것도 대답할 수 없었다.

지택은 유리 탱크 안에 들어 있던 상어의 이름을 제대로 기억하고 있지는 않았다. 그렇지만, 그 상어가 용액 안에서 어떻게 썩고 흐트러진 몰골을 가지고 있었는지를 선명하게 기억하고 있었다. 뭉개진 주둥이와 크고 허여멀건 두 눈, 그리고 썩어 들어가는 위쪽 지느러미. 그 상어의 몸 전체를 지택은 생생하게 기억하고 있었다. 동물에게도 영혼이 있다면, 그 상어는 방부 용액 속의 자기 몸을 보며 무슨 생각을 했을까. 지택은 적어도 그 상어가 행복하다고 생각하지는 않았을 것 같았다. 억지로 남들에 의해 역한 녹색의 비늘을 가지게 되었으니, 답답하고 불쾌했으리라. 억울하고 고통스러웠으리라. 그렇게 생각한 지택은 공포심보다는 안타까움이 느릿하게 제 마음을 채우는 것을 느꼈다. 그랬기에, 지택은 다시 손을 뻗어 먹이를 수면 위에 뿌렸다. 물고기가 뻐끔거리며 작은 입으로 먹이를 급히 삼켰다.

지택은 그런 물고기의 외모를 찬찬히 뜯어보기로 했다. 처음 물고기를 보았을 때와는 달리, 물고기의 모든 부분들을 하나하나 세심하게 살펴보았다. 군데군데 개별적으로 따로 살펴보아도, 물고기의 생김새는 여전히 예쁘다거나 마음에 든다거나 하고 말하기에는 어려웠다. 그렇지만, 더 이상 무서울 정도로 징그럽게는 보이지 않았다. 대신, 물고기를 바라보는 것이, 어딘가 남들에게는 말하지 못하는 불쌍하고 안타까운 구석을 가지고 있는 사람을 마주하고 있는 것처럼 느껴졌다.

문득 지택의 시선이 물고기의 몸통에 꽂혔다. 아까 막 비늘이 떨어져 나가 생긴 상처라고 생각했던 부분에는, 자세히 보니 얇은 막이 있었다. 그건 이전에 떨어져 나간 회백색의 비늘보다 훨씬 얇고, 선명하고, 반짝거리는 붉은색의 비늘이었다. 지택은 순간 깨달았다. 탈피였다. 이 괴상한 물고기는 이 순간에도 살아가고 있었다. 오래된 비늘을 벗고 새로운 모습으로 변화하는 순간을 겪고 있었다. 고치를 찢고 애벌레가 나비로 변화하듯, 새가 알을 깨고 나오듯 이 물고기는 중요한 시기에 놓여 있었다는 것을 알고 나니 지택은 묘한 고양감과 뿌듯함을 느꼈다.

자신이 이 작은 것이 변하는 순간에 큰 기여를 하고 있는 것이 아닌가. 까딱하면 잘못되어 문제가 생길 수도 있는 중요한 상황에서, 자신의 존재가 물고기에게 도움이 될 수 있다는 것은 지택에게 만족감을 주었다. 자신은 이 물고기가 보다 편안하게 있을 수 있도록 어항도 바꾸어 주고, 물도 새로 갈아 준 데다가, 지금은 막 먹이도 준 참이었다. 그런 생각을 이어 가다 보니, 지택은 이 작은 생명에게 책임감을 느꼈다. 자신의 딸인 은영이 데려온 물고기이니, 크게 보자면 가장인 자신도 어느 정도 보살피는 것에 책임을 져야 한다.

보기에 흉하기는 해도, 지택은 이 물고기가 비늘을 다 벗고 새로운 모습으로 단장하는 것을 보고 싶었다. 그렇게 된다면, 지금보다 더한 만족감을 느낄 수 있을 것만 같았다. 물고기가 말을 하지는 못한다지만, 그러고 나면 자신을 보다 잘 따를지도 모르겠다는 생각이 들었다. 은진과 윤영이 자신을 다시 한 번 대단하다고 치켜세워 줄 것만 같았다. 그렇지만, 무엇보다도 은영이 좋아할 것 같았다.

지택은 벌써부터 삼 일 뒤 은영이 돌아왔을 때, 어여쁜 붉은색 비늘로 갈아입은 물고기를 은영에게 보여주며 자신이 얼마나 정성을 들여서 보살폈는지에 대해 말하는 장면을 상상했다. 그리고… 오래된 비늘을 억지로 몸에 달고 다니던 물고기가, 고집을 버리고 나서 이전보다 얼마나 더 나아진 모습이 되었는지에 대해서도 조언을 해주고 싶었다. 솔직하게 말하자면, 지택은 은영에게 조언을 해주는 것이 가장 큰 목적이었다. 억지로 비늘을 붙들고 버티고 있는 물고기의 모습은 윤영이 오래된 물건들을 모으는 것과 크게 다르지 않았으니까. 그게 꼭 필요하리란 생각이 들었다.

지택이 보기에, 이 물고기는 은영을 꼭 닮았다. 지택은 기숙사에서 서로를 닮은 은영과 물고기가 마주보고 있는 광경을 상상했다가 작게 웃었다. 이상하게 웃겼다. 주인을 닮은

애완동물이라니. 그러면서 지택은 생각했다. 은영에게 오래된 것들을 버리고, 잊는 것이 결코 나쁘지만은 아닐 것이라고 이야기할 때 저 물고기 이야기를 꺼내는 것이 역시 좋겠다고. 시간이 흐르는 것에 따라 결국 우리는 속도 차이가 있을지언정 결국 변해야 한다는 것을 알고 있어야 한다고. 그렇게 이야기한다면, 예민한 은영도 불쾌하지 않고서 지택의 말에 고개를 끄덕일 것이었다. 그렇게 하고 나면, 은영이 윤영에게 사과하며 반성하고, 더 성숙한 사람으로 변할 수 있겠지.

　물고기가 더 이상 흉하게 보이지 않아서 그런 것일까, 지택은 몸을 돌려 소파로 향했다. 그리고는 익숙하게 소파에 몸을 기대어 앉았다. 어항이 놓인 탁상이 한눈에 바로 보이는 위치였다. 아까보다 작고 희끄무레한 형체가 어항 안을 느리게 돌아다녔다. 그걸 보고 있자니 마음이 한구석이 편해졌다. 곧 은영이 집에 돌아오기 때문인지, 아니면 더 이상 물고기가 징그럽게 보이지 않기 때문인지. 어쨌거나, 지택은 오랜만의 평화를 즐기기로 했다.

　소파에 기댄 몸을 움직여 가장 편안한 자세를 찾은 지택이 느리게 눈을 감았다. 저녁을 먹을 때까지 몇 시간 정도 여유가 남았으니 잠깐 눈을 붙이는 것도 좋을 것 같았다. 잠을 청하는 지택의 귀에 윤영과 은진의 작은 대화가 들렸다.

"엄마, 봐. 이거 진짜 징그럽지 않아? 여기 막 비늘도 다 뜯어져서 피 난다?"

"뭐? 진짜? 어머, 이거… 피 나는 거 아니네. 새로 비늘 나는 거야."

"응? 비늘? 이거 흰색인데. 물고기도 뭐… 비늘 벗겨질 때마다 색이 달라져?"

"…글쎄. 잘 모르겠네. 그런데… 얘는 그런 종인가 봐. 비늘이 벗겨질 때마다 색이 달라지는… 이렇게 보니까, 또 그렇게까지 징그러운 것 같진 않네."

"엥? 아닌데? 엄청 징그러운데?"

"그냥… 자연스럽게 자라는 중인 거잖아. 얘가. 그걸 알고 나니까… 밉지가 않네. 몰랐을 때랑은 다르게."

"헐… 진짜로? 엄마도 취향 이상하다. 언니처럼. 그럼 얘, 비늘 다 벗겨지면 빨간 금붕어가 되는 건가?"

"금붕어? 글쎄… 그런 것 같기도 하고…."

은진과 윤영이 물고기 구경을 마쳤는지, 어느새 거실은 조용해졌다. 소파에 누운 지택이 내뱉는 작은 숨소리만이 거실을 채우고 있었다. 유리 어항 너머에서, 한 쌍의 검은 눈이 고요한 거실의 풍경을 온전히 담고 있었다. 둥근 몸체가 힘겹게 매달고 다니던 희뿌연 비늘들 사이에서, 커다란 비늘 하나가 벗겨져 바닥으로 가라앉았다. 오래된 짐을 벗어낸 듯, 그 작은 생명이 한결 가볍게 유영했다. 벗겨진 자리에서 드러난 매끄러운 붉은 비늘이 거실 전등 불빛을 받아 반짝였다. 또 다른 비늘이 어항 바닥에 가라앉자, 그 소리를 들은 그가 고개를 돌렸다. 그 어떤 사람도 알아차리지 못할 만큼 작은 파동이 어항 속에서 울렸다. 가느다란 소리였지만, 낡은 허물을 벗고 있는 그가 알아차리기에는 충분했다.

* * * *

솔직히 말하자면, 지금 영 이야기하고 싶은 기분은 아니야. 왜냐고? 지금 난 오랫동안 좁은 방 안에 갇혀서 살고 있거든. 굳이 따지자면, 전보다는 조금 넓은 방에서 살고 있다고 볼 수 있겠지만 말이야. 그래도 난 지금 내가 갇혀 있는 곳이 좁은 방이라고 말할 거야. 나는 원래 여기보다 훨씬 넓은 곳을 자유롭게 모험하며 살았다고. 뭐, 옆방에 있던 친구한테 들은 얘기야. 내 조상들이 그렇게 살았다고 하더라. 걔는 잘 지내고 있는지 모르겠어. 못 본지 꽤 지났는데. 어쨌거나, 이렇게 좁은 방 안에 날 가두는 건 정말이지 참을 수 없는 일이야. 그나마 전에 있던 곳보다 때 맞춰서 밥을 주는 것 하나는 좋아. 전에는 인간 하나였거든. 지금은 셋이고.

 그 인간은 있지, 나처럼 검은 눈을 가지고 있고, 덩치도 아주 크거든. 아닌가? 사실 잘 모르겠어. 인간들은 덩치가 제멋대로 다 다르더라고. 자기들끼리 다 자란 성체인지, 아니면 막 태어난 새끼인지 어떻게 구분하는지 신기할 정도야. 아, 다시 그 인간 이야기로 돌아가자면 말이지. 내가 생각했을 때, 다른 인간들이랑 다르게 그 인간은 조금 독특한 취향이 있었던 것 같아.
 탈피 중인 나를 보고 마음에 든다며 나를 데려온 거 있지? 아니, 나는 당연히 내 옆에 있는 다른 애들을 데려갈 줄 알았어. 좁고 투명한 곳에 갇혀 있어서 내 양옆, 앞뒤에 어떤 애들이 있는지 다 보였거든. 인간들이 데려가는 애들은 보통 탈피 시기가 멀어서 비늘이 반짝거리는 애들이었는데, 나는 하필 탈피 시기였어. 거의 안쪽 어두운 구석에 박혀 있었다니까? 난 그래서 세상이 망했나 싶었어. 그리고, 세상이 망했는데 갇혀서 탈피를 하고 있는 내 신세가 좀 처량하다고 느끼기도 했지. 시간 낭비가 아닌가 싶기도 했어.

  그런데 그 인간이 나를 자기가 사는 데로 데려간 거야. 난 원하지도 않았는데! 아니, 솔직히… 그래, 사실대로 말하자면 인간이 날 좀 데려가 줬으면 하는 생각이 있기는 했어. 내가 원래 갇혀 있던 데는, 그러니까, 플라스틱 통! 그래, 플라스틱 통은 탈피를 하기엔 좀 많이 스트레스를 받는 곳이었거든. 알잖아, 플라스틱 통이 얼마나 좁은지. 다 보여서 괜히 부끄럽기도 하고.

  탈피는 단순히 내가 원래 가지고 있던 비늘들을 버리는 게 아니야. 더 크고 강해지기 위해서 하나씩 정성스럽게 다듬던 비늘들을 놓아 주는 과정이라는 것도, 그래. 안 지 그렇게 오래되지는 않았어. 내 옆에서 늙은 물고기가 해준 이야기거든. 아까 내가 말했던 친구 있잖아? 걔를 말하는 거야. 그 친구가 말하길, 탈피는 단순히 몸이 커지는 과정이라기보다는 몸 안에 있는 무언가가 커지는 과정이라 꼭 필요하다는 거야. 처음에 나는 황당했지. 그게 무슨 말도 안 되는 소리냐고 따지기도 했어. 내 하얀색 비늘은 자랑거리였거든. 탈피 기간이 막 오기 전까지 내가 앞자리에 있을 수 있던 이유는 반짝이는 진주 같은 비늘들 덕분이었어. 지나가던 키 작은 인간들이나 키 큰 인간들이나 모두 예쁘다고 한 마디씩 던지고 지나갔단 말이지. 어느 날부터 갑자기 흉측하게 모습이 변하기 직전까지는 말이야.

내 진주 같은 비늘들의 색이 탁해지기 시작했어. 매끄러운 비늘이 거칠고 두꺼워지기도 했고. 그렇게 되니까, 내 위치가 한 줄 한 줄씩 뒤로 밀려서⋯ 매대 안쪽으로 옮겨진 거야. 뭐, 거기는 다 나 같은 처지에 있는 애들이더라고. 지느러미가 너덜거리고, 비늘이 두꺼워지다 못해 하나씩 떨어져서 몸통이 얼룩덜룩해지는 거야! 얼마나 끔찍한 곳이던지! 무슨, 병든 물고기들만 모아 둔 병실을 보는 것 같았어. 그렇지만, 제일 충격적이었던 건 나도 거기에 끼어 있었던 거야.

나도 재수없게 이름 모를 병에 걸려 버린 거지! 그 사실에 기분이 가라앉은 나는 며칠 동안 먹이도 먹지 않고 가만히 물에 떠 있기만 했어. 옆에 있던 물고기가 문득 나한테 말을 걸기 전까지는 말이야.

"너무 걱정하지 마라. 그냥 탈피 기간이 왔을 뿐이니까."

"…탈피? 그게 내 비늘을 이렇게 만든 병의 이름이야?"

"뭐? 너 탈피 기간이 뭔 줄 모르는 거냐? …정말로 모르는 거구나, 농담이 아니라. 하하, 너 말이다. 생각보다 훨씬 더 어린 물고기였구나!"

검은색의 두꺼운 비늘들을 덕지덕지 매달고 있는 늙은 물고기였어. 그래, 내가 말했던 그 친구가 얘였어. 늙은 물고기는 몇 번 웃더니 나한테 탈피에 대해 말해 줬어. 우리는 어렸을 때부터 화려한 생김새를 가지고 태어나지만, 나이를 들어가면서 탈피라는 과정을 반드시 거쳐야만 한다고. 물고기마다 언제부터 언제까지 탈피를 겪는지는 전부 다르지만, 살면서 한 번쯤은 탈피를 겪는다는 사실 하나는 다르지 않다고 말이야. 그렇게 힘든 탈피를 마치고 나면 더 멋있는 모습으로 바뀔 수 있다고 위로를 해주길래, 나는 신나서 늙은 물고기한테 물어봤어.

"진짜? 탈피를 하면 다시, 아니 더 멋있는 비늘을 가질 수 있다는 거야? 그거, 탈피. 어떻게 하면 되는데, 그럼?"

"네가 지금 가지고 있는 비늘들을 놓아 주면 된다, 어린 물고기야. 생각보다 간단하지?"

지금 조금 색이 바래기는 했어도 소중한 비늘들을 버리라니! 말이 안 되는 소리라고 생각했어. 지금 내가 가진 비늘들이 흉측해지기는 했어도, 이 비늘이 없는 것보다는 가지고 있는 편이 낫다고 생각했거든. 그리고 가만히 생각을 해보니까, 늙은 물고기의 말을 완전히 믿기도 어려운 거야. 그날 처음 본 물고기이기도 해서, 비늘들을 버리면 새로운 비늘이 돋아난다는 말을 믿기가 어려웠어. 만약에 늙은 물고기가 사실이라면, 왜 여전히 그 늙은 물고기의 몸통에 난 붉은색 흔적이 사라지지 않는 건데 싶었지. 그래서, 늙은 물고기가 검은 비늘이 돋아나지 않는 자신의 상황에 불만을 가지던 중에 나를 시기하는 거라고 생각했어. 탈피라는 건 지어낸 거고, 잠깐 걸렸던 병이 다 낫고 나면 내가 예쁜 비늘을 되찾게 되는 게 부러워서 속이려고 하는 것이란 생각이 들었어.

그래서, 나는 그 늙은 물고기한테 짜증스럽게 소리를 쳤어.

"뭐? 너 지금 내 예쁜 흰색 비늘이 샘나서 거짓말을 하는 거지? 내가 얼마나 소중히 간직해 온 비늘인 줄 알기나 해? 흥, 나는 그런 거짓말에 속아서 버리지는 않을 거야!"

"하하, 어린 물고기야. 화가 났느냐? 그렇지만, 너도 곧 내가 한 말이 무슨 말인지 잘 알게 될 거다."

그 말에 더 화가 났어. 끝까지 또 거짓말을 한다고 생각했지. 만약에 내가 조상들처럼 넓은 강을 헤엄치고 있는 중이었다면, 등을 돌리고 멀리 헤엄쳐 갔을 거야. 다시는 늙은 물고기를 마주치지 않기 위해서 말이야. 그렇지만, 나는 좁은 방에 갇혀 있었으니까 재수 없다고 등 돌리고 모른 척했지. 한… 삼십 분 정도? 웃지 마, 나한테는 긴 시간이었다고. 어두운 안쪽에 있던 물고기들일수록 다들 조용히 아무 말도 안 했다고. 그 늙은 물고기를 빼면 전부 조용히 물에 동동 떠 있기만 했어. 어쨌거나, 계속 거짓말 말고 진짜 탈피를 어떻게 하면 되느냐 하고 물었는데도 똑같은 말만 계속 반복해서 말하는 거 있지?

그 와중에도 내 비늘은 점점 더 두껍고 무거워져서 늘어지느라 버티기 힘들었지만… 놓을 생각은 안 했냐고? 어, 안 했지. 내가 말했잖아. 소중한 비늘들이었어. 비늘 하나하나가 나였고, 내가 그 비늘들의 집합이었어. 왠지 내 오래된 비늘들을 놓아 버리면, 내 자신을 버리는 것 같은 느낌이 드는 거야. 그래서, 꾸역꾸역 등에 매고, 다른 물고기들과 다르게 끝까지 들고 있었어. 내 옆에 있던 물고기들이 하나둘 사라지는 걸 보고 나니까, 더 불안했어. 맨 안쪽에 있던 물고기들 중에 반쯤 비늘이 벗겨진 흉한 물고기들은 꼭 빨간색 앞치마를 맨 인간이 와서 통째로 들고 어딘가로 가버리는 거야. 그래서 무서웠어. 다시는 그 물고기들이 돌아오지 않으니까, 죽은 거구나 하고 짐작했지. 그래서, 나중에는 일부러 살기 위해서라도 비늘들을 전부 메고 버티고 있었어.

 그러다가, 그 인간이 온 거야. 나를 데려간 검은 눈의 인간 말이야. 그 인간은 맨 안쪽에 있던 나를 데리고 가서, 원래 있던 곳보다 조금 더 큰 곳에 풀어 줬어. 거긴 또 다른 공간이 보이더라고. 왔다 갔다 하는 인간도 두 명밖에 없고 조용했어. 가끔씩 검은 눈의 인간은 큰 문으로 나가서 오랜 시간이 지나고 나서야 다시 들어왔어. 오자마자, 밥을 잔뜩 줘서 시간을 제때 못 맞췄어도 내가 용서를 많이 해줬지. 남색 머리 인간은 거의 안 들어와서 검은 눈의 인간은 대부분 그 큰 공간에서 혼자 있었어. 그 인간도 외로웠던 것 같긴 해. 나한테 말을 계속 걸었거든.

　검은 눈의 인간이 하는 말은 대개 비슷했어. 자기 엄마랑 싸우고 나서 집을 떠났는데, 이상하게 자신이 너무 잘못한 느낌이 든다는 거 있지. 듣고 있는 나는 조금 궁금하긴 했어. 이야기를 듣다 보면, 검은 눈의 인간은 그 엄마라는 인간 하고 가까워 보였거든. 가까운 사이라면 솔직히 이야기하면 될 텐데 싶어서 가끔은 그 인간 바로 앞에서 헤엄치며 정신 차리라고 말해 주기도 했어. 난 내 엄마가 어떻게 생겼는지도 모르지만, 그 인간은 알잖아. 심지어는 그 엄마라는 인간도 검은 눈의 인간을 아낀다는데. 왜 검은 눈의 인간이 머뭇거리는지 이해하기 어려웠어. 그래도, 그 인간과 내가 비슷한 부분이 하나는 있더라.

　검은 눈의 인간도 변하는 게 무섭다는 거 있지. 그래서, 자기 집에 있는 물건을 버리지를 못하겠다는 거야. 물건을 버리는 게 추억과 자신의 일부를 영영 잃는 것 같다면서. 그 말에 기분이 좀 묘했어. 난 그 말을 듣는 순간에도 오래돼서 무거운 비늘들을 등에 지고 있었거든. 심지어 비늘 몇 개는 떨어질 것 같이 달랑거려서, 일부러 움직이지도 않고 있었거든. 그 인간도 나도, 변하는 걸, 그러니까, 버리는 것을 두려워하고 있었던 거야. 그래서, 그 이야기를 들을 때마다 나도 검은 눈의 인간한테 뭐라고 혼내지를 못했어. 그 인간을 혼내게 되면 지금 나도 혼날 만한 거니까.

어쨌거나, 검은 눈의 인간이랑 나는 금세 가까워졌어. 나는 나름 똑똑한 물고기가 검은 눈의 인간이 알아챌 수 있도록 눈으로 말을 거는 방법을 익혔거든. 그 인간이 제대로 알아들었는지는 모르겠지만. 그러다 어느 날, 내 왼쪽 지느러미가 죽 찢어졌어. 왼쪽 지느러미 위에 있던 비늘이 떨어지면서 긁은 거야. 나는 당황했지. 무서웠어. 비틀비틀 헤엄치다가 투명한 벽에 머리를 박기도 했지. 아프지는 않았어. 그리고 몇 분 열심히 헤엄치다 보니까, 나름대로 찢어진 지느러미를 쓰는 법도 익혔고 말이야. 처음에 검은 눈의 인간이 그

걸 보고 걱정했던 게 생각나. 얼굴이 새하얘져서 어쩔 줄 몰라 하더라고. 핸드폰이라는 작은 물건을 두드리면서 울상을 짓길래, 괜찮다고 지느러미를 몇 번 흔들었어.

사실 괜찮지 않았지만. 내가 버티고 버텼지만, 나는 내 비늘을 잃고 있었어. 그것도 강제로. 내가 막을 수 없는 힘에 저항하는 건 힘든 일이었고, 고통스러웠어. 찢어진 왼쪽 지느러미가 곧 더 크고 넓게 변하기는 했지만, 난 그때는 내 비늘을 잃었다는 사실에 신경이 쏠려서 아무것도 할 수 없었어. 검은 눈의 인간이 주는 밥을 먹으러 움직이지도 않았어. 괜히 움직였다가 겨우 가지고 있는 비늘을 전부 잃게 될까 봐 무서웠거든. 가만히 제자리에서 멈춰 있는 거, 힘들더라고. 편할 줄 알았는데 말이야. 검은 눈의 인간이 나한테 말해 주지 않았으면 몰랐을 거야.

"…너 빨간색이었구나. 예쁘네."

난 처음에 검은 눈의 인간이 무슨 소리를 하는 건지 몰랐어. 빨간색? 물론, 빨간색이 화려해서 예쁘긴 예쁘지. 나도 알아. 좋아해. 가끔 부러워하기도 했어. 그런데 내 비늘은 흰색이었어. 칙칙한 흰색. 아무리 잘못 봐도 빨간색으로는 보일 수 없었단 말이야. 내가 이해를 못하고 자리를 빙글빙글 돌고 있으니까, 검은 눈의 인간이 다시 말을 했어.

"탈피하면, 빨갛게 되는 거였구나. 너."

그 말에 급하게 내 왼쪽 지느러미 쪽을 돌아봤던 게 기억나. 세상에, 빨간색이었어! 나를 보고 즐거워하는 아이들의 뺨처럼 예쁜 빨간색! 순간 예전에 늙은 물고기가 해줬던 말이 떠올랐어. 내가 가진 비늘을 버려야, 더 커지고 강해진다던 말 말이야. 연한 붉은색이 돌기 시작한 왼쪽 지느러미를 보고 난 생각했어. 아, 걔가 말했던 게 진짜였구나. 오래된 것을 버리지 않고 붙잡고 있는 게 답이 아니었구나 하고 말이야.

무엇보다도, 흰색 비늘이 떨어져 나가고 붉은 비늘이 새로 돋았지만 난 그 붉은 비늘의 내 모습이 어색하지 않았어. 흰색에서 빨간색으로 내 모습이 바뀌어도 난 여전히 나였으니까. 내가 무엇인지는, 내 모습이 바뀌어도 사라지지 않는 것이었다는 걸 알게 된 거야. 내 비늘 색이 바뀌어도, 내 지느러미 모양이 바뀌어도 나는 여전히 멋있고 강한 물고기니까. 그동안 내가 괜히 혼자 겁먹고 있었던 거야.

그걸 알고 나니까, 굳이 탈피를 막을 이유가 없어졌어. 그래서, 다시 열심히 헤엄치기 시작했지. 난 수영을 좋아했거든. 뭐, 그래. 내가 물고기니까 당연히 수영을 좋아할 게 아니냐고 물어볼 거 다 알아. 그렇지만 말이야, 비늘이 떨어지는 것에 대한 두려움을 잃고 나니 순간순간이 더 즐거워진 거 있지? 그걸 보고 검은 눈의 인간이 무슨 생각을 한 건지는 모르겠어. 그렇지만, 그거 하나는 확실해. 검은 눈의 인간도 내가 그렇게 비늘이 떨어지는 걸 두려워하지 않는다는 걸 알자마자, 바뀌었단 거야. 그 인간이 방 곳곳에 펼쳐져 있던 짐들을 고이 싸고, 나를 앞에 두고 종이에 막 뭘 쓰는 걸 봤어. 바빠 보이기는 해도, 표정이 이전보다 한결 가벼워 보여서 다행이라고 생각하고 있었지. 더 이상 나한테 자기 고민을 털어놓는 것도 하지 않았어. 저번에는 나한테 밥을 엄청 많이 챙겨줬다가, 한참 뒤에 돌아온 거 있지? 내 친구보다 큰 물고기가 그려진 낡은 옷을 입고 나갔었는데, 깔끔한 새 흰 옷을 입고 들어왔더라고. 표정이 한결 가벼워진 것 같았어. 고집스럽게 그 낡은 옷만 입더니, 저런 것도 잘 어울리네 하고 칭찬을 해줬지.

뭐, 그러고 나서… 내가 여기 오게 된 거야. 벌써 삼 일째지? 이제 오래된 비늘들도 다 떨어졌어. 몸도 한결 더 빠르고 가벼워졌어. 비늘이 떨어질 때마다 이별의 의미로 작게 내 비늘의 무덤들을 만들었는데 뿌듯하더라. 아마, 오늘 밤이 지나면 나는 완전히 새로운 모습으로 바뀔 수 있을 것 같아. 검은 눈의 인간이 내 바뀐 모습을 보고 얼마나 놀란 얼굴을 할지 궁금한데 말이야. 사실 그 인간도 얼마나 바뀌었을까 궁금해. 삼 일 전에 보긴 했지만, 그 인간도 나처럼 생각이 많이 바뀐 것 같았거든.

그러니까, 아마 너도 마음에 들 거야. 너, 그래, 나한테 밥 주는 너 말이야. 검은 눈의 인간이 네 눈치를 얼마나 많이 봤는지 나는 다 알고 있거든. 그 인간이 너한테 전화할까 말까 수십 번 고민하는 것도 다 봤다고. 네가 알아듣는지는 모르겠지만, 그래도 저번에 내가 노력하고 있다는 걸 네가 알아줘서 지금 몰래 이야기해 주는 거야. 그러니까, 검은 눈의 인간이 와서 사과하면 받아줘. 그 인간도 많이 미안해하고 있으니까.

* * * * *

텔레비전에서는 저녁 8시가 되어 뉴스가 흘러나오고 있었다. 청년 주거권을 보장하기 위해 주택임대법을 새로 제정했다더라, 어디 유럽에서 십오 년 만에 환경보호법을 개정했다더라 하는 이야기들을 기자들이 빠르게 읊어댔다. 제대로 이해하기도 전에 화면은 순식간에 다음으로 넘어갔다.

"기상청은 오늘을 '이십일 년 만에 가장 더운 밤'으로 기록했습니다. 전문가들은 과거보다 여름의 양상이 근본적으로 달라지고 있다고 경고했습니다."

인공지능 기술의 발전에 대한 뉴스를 끝으로, 일기예보가 흘러나왔다. 어두운 밤중에도 낮과 다를 바 없이 더울 것이니 주의하라며 기상 캐스터가 덧붙였다. 뉴스가 끝났음을 알리는 화면을 보며, 윤영은 미리 거실에 에어컨을 틀어 두어 다행이라고 생각했다. 매 저녁마다 윤영의 가족은 거실 소파에 모여 앉아 함께 뉴스를 보곤 했다. 거실의 에어컨 바람 때문은 아니었고, 항상 그래 왔기 때문에 습관처럼 굳어진 것이었다.

거실 한쪽 모서리에 서 있는 가정용 에어컨이 차가운 숨을 내뱉었다. 에어컨과 제일 가까운 곳에 앉아 있던 윤영은 시원하기보다는 조금 춥다는 느낌을 받았다. 이 느낌은 에어컨의 온도가 너무 낮아서 그런 걸까, 아니면 거실에 한 자리가 비어 있다는 것을 알기 때문에 그런 것일까. 윤영은 무릎에 덮어 두었던 담요를 가슴까지 끌어올렸다. 왼쪽 소파 팔걸이에 팔꿈치를 대고, 양 무릎을 접어 오른쪽 엉덩이에 다리가 닿게 비스듬히 앉은 윤영을 본 은진이 말했다.

"엄마, 그 자세 허리에 안 좋아. 똑바로 앉아야지."

"아, 그래. 맞다. 그래야 하는 게 좋다고 했었지. 네 언니가…."

윤영이 바닥에 양 발바닥이 닿도록 몸을 움직여 자세를 고치는 걸 본 은진이 소파 앞에 앉아 좌방석 부분에 기댔다. 지택은 소파의 오른쪽 끝에 앉아서 조용히 핸드폰을 보고 있었다. 순간 현관의 도어락 번호판이 눌리는 소리가 났다. 도어락 비밀번호는 여섯 자리였다. 샵 하나, 육, 칠, 사, 일, 그리고 별 하나. 숫자 네 자리는 가족의 생일을 한 데 더해둔 것이었다. 높고 경쾌한 소리가 여섯 번, 현관문 밖에서 이어졌다. 곧 현관문이 열리며, 문가에 달아 두었던 물고기 모양 풍경이 딸랑거리는 소리가 들렸다.

"은영이 왔다."

지택이 핸드폰을 소파 팔걸이 위에 내려놓으며 말했다. 뉴스에 집중하고 있던 윤영이 앉아 있던 몸을 일으켰다. 은진도 고개를 돌려, 불투명한 중문을 바라보았다. 미닫이문이 열리고 새로 산 것인지 깔끔하고, 늘어진 곳 하나 없는 흰색 무지 반팔 티셔츠를 입은 은영이 서 있었다. 은영이 한손으로 들고 있던 캐리어를 먼저 거실로 밀어 넣었다. 잔뜩 채워 넣고 간 짐들은 어디로 간 것인지, 안에서 달그락 거리는 소리가 나는 캐리어가 가볍게 옮겨졌다. 그리고, 잠깐 머뭇거리던 은영이 집 안으로 들어오며 조심스럽게 미닫이문을 닫았다. 드르륵 하고 미닫이문이 굳게 닫혔다. 미닫이문 앞에 어색하게 똑바로 서 있던 은영은 무슨 말을 해야 할지 모르는 듯 바닥을 바라보았다. 그러다, 곧 은영이 결심한 듯 고개를 들어 입을 열었다.

"…다녀왔습니다."

은영의 담담한 목소리에서 떨림이 느껴졌다. 거실이 순간 어색한 공기로 가득 찼다. 은영과 가장 가까운 곳에 있는 지택은, 캐리어 위쪽 부분을 손으로 쓸었다. 어디서 세게 부딪힌 것인지, 매끄럽게 보이던 캐리어에 난 잔 상처들이 손끝으로 느껴졌다. 은진은 괜히 이상해진 분위기에 눈치를 보며, 자신의 뒤쪽에 있는 윤영을 힐끔 바라보았다. 그 잠깐 동안의 침묵을 깨뜨린 사람은 윤영이었다.

"…그거 옷, 새로 산 거야?"

"네, 그 가격도 괜찮고, 나쁘지 않은 것 같길래. 그냥… 샀어요. 예전에 입던 게 낡아서… 그, 이상해요?"

"아니, 잘 어울려. 그러니까, 앞으로도 그렇게 많이 입어. 좋은 거. 예전에 네가 입던 건… 많이 낡았더라. 엄마는… 네가 좋은 것만 입고 다니면 좋겠어."

은영이 눈을 크게 떴다가 느리게 고개를 끄덕였다. 은영의 눈가가 약간 발개졌다. 은영과 제일 가까이 있던 지택이 은영의 얼굴을 보고, 조심스럽게 말을 골라 꺼냈다.

"그, 네 물고기 말이다. 거실에 놔뒀다. 저기에."

지택의 손가락을 따라 은영의 시선이 움직였다. 은영이 느리게 걸어가 텔레비전 옆의, 탁상 위 둥근 어항을 내려다보왔다. 빨간 장미처럼 어여쁜 색의 물고기가 부드럽게 물을 가르다 은영을 보고 수면 가까이로 올라왔다. 은영이 손가락을 하나 꺼내어 수면 위에 조심스럽게 올려 두자, 물고기가 가볍게 은영의 손가락에 주둥이를 댔다가 떼었다.

"…빨간색으로 변했네요. 못 본 사이에."

"그래, 어제 저녁에 완전히 빨갛게 변했다. 자라던 중이었던 거지. 느리지만 확실히. 처음에는 몰랐지만, 조금 기다려 보니까 눈에 보이더라. 이 작은 것도 힘들었을 텐데, 잘 버틴 게… 기특하지 않니."

은영이 물고기를 바라보다, 지택의 말에 느리게 뒤를 돌아보았다. 소파에 모여 있는 가족들이 한눈에 들어왔다. 은영이 당장이라도 터져 나올 것 같은 눈물을 참아내고서 입을 열었다.

"고마워요. 전부 다."

은진이 텔레비전 소리를 조금 줄였다. 이내 은영은 눈가가 젖어드는 것을 숨기며, 작게 웃었다. 은영이 울 뻔한 것은 슬픔 때문이 아니었다. 걱정과 달리 자신을 아무 일 없던 것처럼 자연스럽게 받아주는 이 분위기가 너무나도 고마워서. 그 따뜻한 느낌이 가슴에 들어차서. 그래서 눈물이 나올 것 같았다.

　은영이 여전히 수면 위로 가까이 올라와 있는 물고기의 머리를 손끝으로 살짝 쓰다듬었다. 붉은 물고기는 잠시 은영을 올려다보다, 작은 입을 뻐끔거렸다. 그것이 마치 어떠한 말을 은영에게 건네 오는 것 같았다. 자신이 무엇을 놓아야 하는지. 자신이 무엇을 지켜야 하는지. 은영은 그 작고 붉은 물고기의 소리 없는 말에서 그것을 떠올렸다. 곧 물고기가 몸을 돌려 새로 돋은 붉은 비늘을 뽐내듯 유유히 수면 아래로 헤엄쳐 내려갔다.

　은영은 흰, 아니 태양처럼 붉은 물고기의 모습을 내려다보았다. 그리고 고개를 들어 소파 앞에 모인 가족들을 바라보며 조용히 미소 지었다. 흘러가는 시간 위에 떠서 가지고 있던 것들을 흘러가게 두어도, 여전히 남아 있는 것이 있었다. 거실은 여전히 조용하고 시원했다. 그렇지만, 차가운 어색함이 감돌고 있지는 않았다. 대신 밝고 따뜻한 안식이, 그곳에 있었다.

작가의 말

　모든 처음은 미숙합니다. 저도 그렇습니다. 소설과 영화와 뮤지컬을 사랑하는 사람이지만, 오히려 그런 탓에 '창작'이라는 단어에 실린 무게를 더 무겁게 느낄 수밖에 없었습니다. 그렇지만, 이 소설 단편집을 준비하면서 창작을 하는 것, 더 나아가 새로운 도전이나 시도를 하는 것에 있어서 자신감을 얻을 수 있었습니다.
　사실 이 책에 수록된 단편 소설들은 매우 짧은 기간 동안 집필된 작품들입니다. 삼 개월. 그것도, 본격적으로 집필에만 몰두한 것을 생각한다면 삼 개월 중 한 달 반 정도 만에 나오게 된 단편 소설집입니다. 집필 과정이 이루어지던 날들을 되짚어 보면, 체력적으로나 정신적으로나 편하다고는 말하기 어려운 날들이었습니다. 그렇지만, 처음으로 작법서를 사고, 소설을 쓰는 방법에 대해 강의를 듣고, 다른 작가들의 작품을 나서서 해체하고 분석해 보았던 이 시간들은 제게 잊지 못할 흔적을 남겼습니다. 목표 없이 방황하던 제게 일단 '도전해 보아라' 하는 답을 제시해 주었기 때문에, 이 한 달 반의 여정은 앞으로 제게 있어서 소중한 추억으로 남을 것입니다.

 이 책에 수록된 세 편의 작품은 모두 애정이 가는 작품들입니다. 처음으로 완성한 이야기들인 탓도 있겠지만, 평소 제가 하고 싶었던 이야기를 다루었기 때문에, 이 세 편이 제 눈에는 너무나도 사랑스럽습니다. 먼저, 첫 편으로 제시되는 「은애」는 이전부터 생각하던 전설, 신화가 가지는 비극적인 매력에 대해 다루고자 하는 마음에서 나온 작품입니다. 그렇기에, 어떤 대단한 의미를 이야기에 부여하기보다는 쉽고 재미있게 읽을 수 있게 하자는 목표를 가지고 창작되었습니다. 소설이란 중요한 의미를 내포하고 있는 것도 중요하지만, 결국 텍스트 자체가 가지는 매력도 상당히 중요하리라 생각한 것에서 이 작품의 방향이 결정되었습니다.

두 번째 「낙토의 기아들」은 집필하면서 가장 재미있는 것에 더해, 개인적으로 가장 완성도가 높다고 생각하고 있는 작품입니다. 완벽하게 보이는 사회 속의 허기짐에 초점을 맞추었습니다. 신체적으로나 육체적으로나 고통스러운 디스토피아의 모습을 그려 내기 위해 어떠한 요소를 이용할까 많은 고민이 있었습니다. 그러던 중, 동생인 김예진 양의, '환경 파괴로 인해 사람이 가축의 고기를 대체하는 미래 세계'에서 영감을 얻어 이 작품이 완성되었습니다. 그렇지만, 집필하는 과정에서 디스토피아적 세계를 비판하고자 하는 것보다는, 그런 사회 속 개인의 심리에 집중하게 되었습니다.

마지막으로, 「하얀 물고기는 소파에 앉지 않는다」는 세 작품들 중 가장 먼저 집필이 시작되었고, 가장 오랜 기간 동안 집필한 중단편 작품입니다. 이 작품은 한 개인이 다른 누군가를 완벽하게 알 수 있는가 하는 의문에서 시작해, 가족이란 어떤 의미인지 그리고 변화를 마주하는 것으로부터 느끼는 두려움에 대해 다뤘습니다. 어떻게 보면, 제가 생각하는 이상적인 가족의 모습이 가장 많이 투영된 작품이라고도 볼 수 있습니다.

처음으로 단편 소설집을 출판하게 되었다는 것이 아직도 믿기지 않습니다. 초등학교 때 품었던 작가라는 꿈이 이렇게 이루어질 줄은 상상도 못했습니다. 그렇지만, 인생이란 이렇게 우연과 우연이 겹쳐 만들어 가는 화음이 아닐까요. '책을 읽어 주셔서 감사하다'는 평범한 마지막 인사 대신, 독자 여러분들을 위해 이 책을 남긴다는 말로 이 책의 마지막을 장식하고자 합니다.

우리의 일상은 무한한 감정들로 차 있습니다. 그 모든 다채로운 감정들이 음을 만들어 내어, 앞서 말한 우연과 우연이 겹쳐 만들어 가는 인생이라는 화음을 더욱 풍성하게 합니다. 저는 그저 그 모든 다채로운 감정들이 만들어 내는 음들이 여러분의 삶을 더욱 아름답게 꾸며 주기를 바랍니다. 제 책이 여러분의 화음을 장식하는 작은 도구가 되길 바라며, 이 책을 마칩니다.